李教亮谜作选

李教亮 著

吉林文史出版社

图书在版编目（CIP）数据

李教亮谜作选 / 李教亮著. – 长春：吉林文史出
版社，2023.8
ISBN 978-7-5472-9614-1

Ⅰ.①李… Ⅱ.①李… Ⅲ.①谜语－汇编－中国
Ⅳ.①I277.8

中国国家版本馆 CIP 数据核字（2023）第 149917 号

李教亮谜作选

LI JIAOLIANG MIZUO XUAN

著　　者　李教亮
责任编辑　弭　兰
封面设计　品诚文化
出版发行　吉林文史出版社
地　　址　长春市福祉大路 5788 号
邮　　编　130117
印　　刷　四川金鹏宏达实业有限公司
开　　本　850mm×1168mm　1/32
印　　张　7.5
字　　数　181 千字
版　　次　2023 年 8 月第 1 版
印　　次　2023 年 8 月第 1 次印刷
书　　号　ISBN 978-7-5472-9614-1
定　　价　68.00 元

序　言

　　李教亮是一线语文教师，有近 30 年的中学语文教学经历，有更多接触唐诗、宋词、元曲的天然优势，同时他坚守"一书一茶一我，足矣"的信念，长年深居简出，孜孜不倦，独自遨游于浩瀚的书海。由于潜心博览群书，其学识非常渊博，知识储备非常丰富。一方面善于观察生活，"我手写我心"，以小诗形式写景、抒情、状物，或借景抒情，或托物言志，或寄寓生活哲理，写出诸多"生活小诗"；另一方面，通过灯谜的形式，将古今文化有机地联系起来，更好地传承文化、发扬国粹，并收到灯谜研制与教学实践相得益彰的效果。

　　20 多年来，李老师遵循和恪守灯谜的基本规则，以工匠精神从严治谜，精雕细琢，用心制作。其谜艺精湛，技法不一，灵活多变，格调高雅，并形成了其独特的风格，具有极强的知识性、严谨性、开拓性、多变性和多样性。

　　第一是知识性。李老师的谜作，谜面基本是成句，如以吴文英、梅尧臣等的诗词和《红楼梦》《儒林外史》等的回目、回文为素材，发散思维，寻目纳底，摒弃以底造目造面。成句入面，一方面尽显中华古典文化之美，给猜者美不胜收的愉悦；另一方面引导猜者多读书，以此响应和助推"好读书、读好书"的时代新风尚。如：

　　石尤风（《岳阳楼记》一句）　商旅不行

　　"石尤风"本是一个汉语词汇，意思是逆风、顶头风。如果仅靠这个释义而不了解其典意，是根本无法猜出符合谜目的谜底的，所以必须了解其典意：传说古代有商人尤某娶石氏女，情好甚笃，尤远行不归，石思念成疾，临死叹曰："吾恨不能阻其行，以至于此。今凡有商旅远行，吾当作大风为天下妇人阻之。"该谜根据要阻止商旅之行的典意，而踏底"商旅不行"。像这类具有知识性的谜，在李老师谜作中俯拾皆是。

第二是严谨性。李老师的谜作，无论是典扣还是典化，谜面都拒绝闲字，决不以成句局限为借口，遇有局限则坚决予以舍弃，从而使面、底扣合严丝合缝，干净利落，浑然天成；而谜目简洁明白，不造目，助以适当的谜格，使猜者方向明确。如：

1."那僧笑道：'你且莫问，日后自然明白。'"（数学名词二）　质因子、未知数

谜面出自《红楼梦》第一回，话说石头听见僧人那番话后，问："不知可镌何字？携到何地方？望乞明示。"僧人就回了这话，意思说，要质问其中缘由，你得将来才能知道。因而踏底：质因/子未/知数。子，第二人称代词。未，将来、未来。道人和僧人就是《红楼梦》命数之牵线者，他们知过去与未来之数。该谜精准截面，使底面紧紧相扣。

2."不见故乡春"（2字中药名二）　生地、空青

谜面出自李昌祺《题双燕图寄表弟陈安行》，指看不到故乡的春景春色。"春"五色上借代"青"，而踏底"生地空/青"扣合谜面之意。故乡，就是出生地。底叫出"生地"胜过于"熟地"，凸显其严谨性。

3."长安应在夕阳边"（方位字一 脱靴格）　都日西南

谜面出自贺铸《登如方山》。"长安"会意为"都"；"夕阳"会意为"日西"。谜底"都日西南"脱去"南"后扣合。其严谨性就在于"夕阳"只是日在西边，尚未落下，因为"夕阳西下"就不同时间段了，所以为排除"都日西下"一底，而附格用"西南"固定方位词组指示谜底"日"的方位。李老师谜作就是这样，字字有着落，其精准令人不禁赞叹。

　　第三是开拓性。李老师恪守灯谜基本规则，但不因循守旧，敢于在不背离基本规则的前提下大胆创新，多年前就根据清代三龙戏珠、鱼跃龙门石雕的史实，在双龙戏珠探骊谜体的基础上，率先命名了"三龙戏珠"谜体。"三龙戏珠"，即将三条龙戏耍（或抢夺）一颗火珠的表现形式，应用到灯谜上，此谜体有两种形式：谜底＋谜目＋谜底＋谜底，或谜底＋谜底＋谜目＋谜底，十分贴切，形象生动。如，谜面："对着这江山胜景"（三龙戏珠），谜底：朝、国家、美、意。

　　第四是多变性。李老师谜作中有着许多"一面多目"或"一底多面"现象，灵活多变，趣味盎然。如谜面："怡然有馀欢"。这是元代卢挚《寄博士萧徽君维斗》中的一句，体现诗人归隐"秦中幽胜地"时的闲适与快乐。李老师首先把表示"怡然""欢"且可能用于制作灯谜的字一一写出来，发散思维，制作成一谜："怡然有馀欢"（QQ功能一）说说。接着，他仔细把玩谜面之意，发觉该句关键词是"有馀"，整句意思是欢悦之后还是欢悦，一直愉快着，而且"兑"有变换、更换之意，于是制作成第二谜："怡然有馀欢"（叱字）心悦难兑。随后，他继续研究谜面，发觉"愉快""愉悦""兑悦"是固定词组，于是制作成第三谜："怡然有馀欢"（方位字二 蕉心格）心愉前、悦后兑。这样一面成三谜，作者猜者均"怡然有馀欢"。李老师的谜作里有着不少这样一面多个谜目的作品，体现了其谜思的灵活性。

　　而一底有着多个面的谜，在李老师的谜作中亦屡见不鲜，如谜底"春来多少伤心事"，他将底顿读为"春来多/少伤心事"后，着了四个面："醉能同其乐""酒韵渐浓欢渐密""醉里且贪欢笑""一醉可消愁"。谜底"故为之说"，他除了将"故"会意为"旧的、过去的"之外，更是将"故"别解为"死亡"，而着了七个成句面："乐莫乐兮新相知""而终身逸乐""忧其流亡也""更持无生论""百年欢笑""一死无足悲""死反由安乐"。这种创作，既体现了其谜思的灵活性，更彰显了其丰厚的诗词功底，令人赞叹不已。

第五是多样性。李老师的谜作，在内容上表现出极强的多样性。谜面多引自古典文学，谜底则涵盖生活的方方面面，文学、哲学、历史、天文、地理、医学、经济、体育、新闻等，可以说"上下五千年，纵横八万里"都有所涉猎。

由于李老师的用心制作，其谜作质量上乘。他总是通过谜目，将看似风马牛不相及的谜面和谜底巧妙地联结起来，极富谜味，令人赏心悦目、爱不释手，猜后更是回味无穷。猜李老师的谜，往往有这么一个过程，一开始觉得谜面和谜目相差十万八千里，一时无从下手，一头雾水；经反复读面读目，猜到谜底时，会恍然大悟，惊叹制作竟是如此奇巧奇妙，真正体会到灯谜"意料之外、情理之中"的精妙。

20多年来，李老师成果斐然。之前已出版了两本谜集，他希望他的谜作，能经过时间长河的沉淀，为后代留下宝贵的精神财富。他谦虚谨慎，虚心向学，博采众长。对佳谜不吝赞美，尽显文人情怀；对谜病，他会以一位谜人的强烈社会责任感，以足够的底气、足够的勇气发声，以足够的善意引起"疗救之注意"，而决不唯唯诺诺、人云亦云，成为谜界一股清流，令人肃然起敬。为了获得更自由的时间和空间开展创作，他从不加入任何灯谜组织，不参加征谜活动；但对家乡和所任职学校的灯谜活动，他则以强烈的责任感精心准备、全力以赴。对于灯谜的传承与推广，与时俱进，他更是做到了极致：精心编写《灯谜入门教程》作为校本教材，主动承担所任职学校的灯谜课程教学任务，组建该校灯谜社团，多次带领学生参加灯谜比赛并取得佳绩。

最后，我采撷李老师自己写的生活小诗《斯是谜室》为此序言作结："纵横中外事，驰骋古今谜。谈笑同获趣，往来共求知。"

广东汕头　翁雪华

目 录

contents

谜作选一

/ 字

"手种堂下花"	字一	掌
"定知阳报"	字一	智
"欲临东阙，遣伊先到"	字一	俗
"听檐声不断"	字一	延
"惟柳色夹道"	字一	请
"太守驻行舟"①	字一	迫
"天上春已暮"	字一	奏
"暗尘不起"	字一	童
"沙印小莲步"	字一	娑
"道发故乡来"	字一	讲
"如何梦也都无"	字一	夕
"素娥未识"	字一	胜
"泪为生别滋"	字一	兹
"孤标画本难"	字一	示
"心字已成灰"	字一	恢
"心事同漂泊"	字一	沁
"先生姓吕"	字一	如
"我行其野"	字一	里
"北斗横复直"	字一	芍
"月夜归来"	字一	皈
"莫负好时光"	字一	蟆

---

①画出《白太守行》，太守姓白。

"无语东流"	字一	训
"仍携西子"	字一	仔
"惟有故人知"	字一	皎
"敛手反如宾"	字一	挂
"种来三十春"①	字一	枼
"一斗黄金一斗粟"	字一	馈
"归骑晚"	字一	蕃
"闲云收尽"	字一	咸
"留在广寒宫阙"	字一	肯
"离宫吊月"②	字一	腩
"更消他，几度春风，几度飞花"	字一	枫
"喧声连万方"	字一	义
"驷马驾安辀"	字一	舟
"飞章八九上"	字一	音
"天上嫦娥人未识"	字一	腥
"竟挑蝴蝶下山来"	字一	峦
"斜月树身长"	字一	禾
"大运忽云迁"	字一	达
"深山可白头"	字一	何
"若夫随手之变"	字一	扶

---

①"中庭有奇树，种来三十春。"承上句扣合。世：三十年。
②离宫，八卦方位在南方。

"梅子青时节"	字一	每
"刀笔事戎旃"	字一	斌
"松篁高下处"	字一	白
"书云犹七日"	字一	调
"六阴爻始尽"	字一	胶
"始聚终成散"	字一	娶
"入官先爱子"	字一	字
"愁与西风应有约"	字一	心
"心源一流放"	字一	愿
"境物望中闲"	字一	竟
"江边一望楚天长"	字一	琳
"汩乎混流"	字一	比
"渔唱起三更"	字一	洹
"一麾发伏雁行出"①	字一	麻
"云台不见中兴将"	字一	举
"草木古春残"	字一	苦
"扁舟吴中"	字一	逊
"千里有心期"	字一	怅
"何人不念归"	字一	苛
"还山将隐居"	字一	急
"暮逢林下书"	字一	梦

①雁行，象形"一"。

"底碧写天容"	字一	宕
"何必树萱草"	字一	宣
"日结一尺网"	字一	昼
"雨落入地中"	字一	洼
"人心空共惜"	字一	借
"儿女望人回"	字一	何
"焦首终无悔"	字一	惟
"我送行舟"	字一	途
"自居扁舟上"	字一	途
"棠树去思人"	字一	倘
"西尉去官初"	字一	守
"诗书参将谋"	字一	斌
"寄语长沙傅"	字一	宜
"千里向巴东"	字一	驯
"一从登舟来"	字一	迷
"昨暮泊其阳"	字一	晶
"如何遂从宦"①	字一	棺
"岂须若中州"	字一	恺
"试以此言归"	字一	式
"夕梦对故人"	字一	侈
"买臣尝负薪"	字一	林

————————

①如何，借代"木"。如何木，神树名。

"铸名不铸金"	字一	铭
"书此寄公前"	字一	穴
"月从洞庭来"	字一	沽
"欲食与之餔"	字一	甫
"要与郎相顾"	字一	规
"谁用伯乐相"	字一	驰
"荷去月初上"	字一	丢
"首尾必吹墟"	字一	嘘
"将军亦儒生"	字一	斌
"乃呼鸟与鹊"	字一	昔
"渐向西林倾"	字一	淋
"春融胡蝶飞"	字一	粂
"芬芳可与言"①	字一	郁
"跃马侵星去"②	字一	生
"应念年时追逐"	字一	萌
"归去黄昏前后"③	字一	昔
"前身饱游历"	字一	彷
"生也沙丘，死也沙丘，父老生死系"④	字一	考
"云开层观切高寒"	字一	户

---

①与，一音读 yù。
②象棋马走为"日"。
③归去，别解为回到过去，以双扣。
④谜面自行抵消后剩下"父老系"扣合。

"早秋客舍"　　　　　　字一　　　烙

"老眼省见稀"　　　　　字一　　　少

"底里见襟抱"　　　　　字一　　　衲

"为言信此山"　　　　　字一　　　仙

"聊为故人留"　　　　　字一　　　皎

"十载困淮右"　　　　　字一　　　汁

"此道发明初"　　　　　字一　　　诛

"思君令人老"　　　　　字一　　　瑰

"浪定一浦月"　　　　　字一　　　脯

"上官乃容隐"　　　　　字一　　　谷

"岭头却望人来处"　　　字一　　　伶

"此地若重到"　　　　　字一　　　圭

"断崖东北际"　　　　　字一　　　圻

"大雪三日"　　　　　　字一　　　贝

"且乏安边议"　　　　　字一　　　诅

"功名早晚成"　　　　　字一　　　男

"何必泛扁舟"　　　　　字一　　　还

"斗米二百金"　　　　　字一　　　馈

"忘忧肯让萱"①　　　　字一　　　宣

"高印远天青"　　　　　字一　　　膏

---

①让，避开、躲闪。充当抵消词。

"如何一见如故人"①	字一	倚
"秦岭峭如削"	字一	肖
"话别年经一"	字一	请
"穴深犬难逐"	字一	突
"睡起见潮头"	字一	泪
"高与太行连"	字一	崇
"一尺未为多"	字一	博
"德与我为邻"	字一	衔
"此风亦萧飒"	字一	立
"还得便高堂"	字一	尚
"官舍亲培封"	字一	垃
"爱比松柏同"	字一	枇
"白石临溪流"	字一	济
"从容五六载"	字一	坐
"是非只一东坡"	字一	玻
"西北控淮楚"	字一	淋
"林下立多时"	字一	梦
"横当半逢月"	字一	梢
"不赖方寸真"	字一	慎
"身世同漂泊"	字一	泄
"此地过中秋"	字一	堵

---

①谜面抵消法，其他法将多底。

"万里扁舟"	字一	迈
"此心到处悠然"	字一	攸
"望春楼远"	字一	娄
"画船应不载"	字一	还
"天声似语"	字一	士
"叶外花前"	字一	茗
"重会面"	字一	观
"梦远双成"	字一	夕
"楼前有雁斜书"	字一	休
"经年事静"	字一	争
"山能招隐"	字一	急
"花前月下暂相逢"	字一	萌
"蛾眉为谁妩"	字一	无
"畔愁千首"	字一	必
"从知志士不谋身"	字一	怂
"流水天台"	字一	汕
"月落西江远"	字一	肛
"直到清明日"	字一	用
"火到猪头烂"	字一	煮
"添写断肠句"	字一	苟
"喜横槊诗歌"	字一	斌
"一样纤纤两头月"	字一	绷
"秋草都黄"	字一	著

"人间男女"	字一	何
"孤舟发乡思"	字一	进
"便有早梅随早雪"	字一	侮
"不见梅花见海棠"①	字一	淌
"其归同道"	字一	皈
"琴边衾里总无缘"	字一	衣
"半分臂小"	字一	肖
"底是无愁处"	字一	悉
"吉语西来"	字一	诘
"未傍人槐边"	字一	榜
"中宵同月"	字一	肖
"宛如尚为左"	字一	婉
"塞草枯先白"	字一	苦
"足有北来书"	字一	背
"得船从此逝"	字一	折
"稍有西风起"	字一	梢
"逋翁晚定储"②	字一	梦
"门前客已去矣"	字一	阁
"登门磕头去"	字一	阃
"空室无人"	字一	侄

①谜面抵消后剩下"梅花海棠"折合。
②逋翁,宋人林逋。

"洛水流东"　　　　　字一　　　格

"云高火落"　　　　　字一　　　灭

"访道于容成"　　　　字一　　　方

"明月逐弯弓"　　　　字一　　　鸾

"下渚长桥前"　　　　字一　　　楮

"君臣一体"　　　　　字一　　　卡

"是戌上白虎"　　　　字一　　　醒

"比日思光景"　　　　字一　　　京

"今秋已复归"　　　　字一　　　皈

"偏定要磕头"　　　　字一　　　宕

"黛玉见如此，越发气起来"　　字一　　　焚

"终了真人"　　　　　字一　　　值

"宝玉下学时"　　　　字一　　　字

"指着黛玉"　　　　　字一　　　禁

"垃圾分类，举手之劳"　　　字一　　　挂

"休哉古君子"　　　　字一（猜此谜一定中）　　　戋

"轻舟晚不前"　　　　字一（猜此谜容易点）　　　逸

"隐土之北"①　　　　少笔字一（猜此谜不一定中）　　　欠

"同人于野"　　　　　少笔字一②　　　内

"东郊人报"　　　　　少笔字一　　　队

①北为坎卦。

②本书限定4笔及4笔以下为少笔字；15笔及15笔以上为多笔字。

谜面	谜目	谜底
"直夺真宰权"	少笔字一	支
"如何此枝上"	少笔字一	支
"宿鸟头相并"	少笔字一	开
"风雨连江气"	少笔字一	工
"背灼炎天光"	少笔字一	勺
"说与人人道"	少笔字一	认
"望此去人世"	少笔字一	亡
"半帆残月"	少笔字一	币
"偶然乘兴"	少笔字一	爻
"朝来新火起新烟"	少笔字一	人
"全忘是与非"	少笔字一	大
"一从归人间"	少笔字一	大
"方结林栖缘"	少笔字一	兀
"曲折二十四"	少笔字一	儿
"乃在许西偏"	少笔字一	仍
"传之天姥岑"	少笔字一	今
"独与春梦成"	少笔字一	歹
"相望非一日"	少笔字一	木
"相逢莫作一日留"	少笔字一	木
"平目观白云"	少笔字一	厷
"五十殒蒿莱"	少笔字一	义
"生男走四邻"	少笔字一	儿
"又思汉东归"	少笔字一	双

"飞乌始得人"	少笔字一	欠
"始知机尽空"	少笔字一	户
"归梦欲如何"	少笔字一	夕
"水明沙净"	少笔字一	少
"西风迎马头"	少笔字一	乌
"长空飞鸟没"	少笔字一	鸟
"思和云结"	少笔字一	计
"分斤拨两的话出来"	少笔字一	计
"下马拜了印"	少笔字一	子
"如此闲方好"	少笔字一	子
"一点归心"	少笔字一	广
"林下一身闲"	少笔字一	闩
"无边香色"	少笔字一	木
"艇子摇双桨"	少笔字一	刘
"消得几多风露"	少笔字一	义
"落星初伏火"	少笔字一	人
"更寻终不见"	少笔字一	山
"白云南山来"	5笔字一	击
"人生何系住"	5笔字一	主
"始知机尽空"	5笔字一	叽
"太行天西北"	5笔字一	击
"云幕高张"	5笔字一	甘
"青天坠长星"	5笔字一	白

谜面	提示	答案
"尊前故人如在"	5 笔字一	付
"两岸连山"	5 笔字一	击
"大限来时各自飞"①	5 笔字一	灭
"往日不可重"	5 笔字一	生
"陪君好语"	5 笔字一	让
"早晚复相逢"②	5 笔字一	田
"溪岸高低入翠微"③	5 笔字一	击
"高下万重山"	5 笔字一	击
"一木会支二八月"	5 笔字一	用
"鸟飞枝边"	5 笔字一	术
"好花如故人"	5 笔字一	仔
"新月树端生"	5 笔字一	禾
"十里沙头落"	5 笔字一	汁
"幽僻处可有人行"	5 笔字一	立
"素景分中"	5 笔字一	玄
"回首旧游"	6 笔字一	曲
"先来谒相公"	6 笔字一	讼
"羞与蛾儿争耍"	6 笔字一	而
"西风飒然起"	6 笔字一	产

---

①"来"中有未时。

②猜"白"不予中。用同一个指示字提取部件，必须遵从同一角度，比如用"早"作指示，要不，同取偏旁部首；要不，同取起笔，否则"早"就用二次，是病谜。谜界此病不轻。

③"溪岸高低"象形"＝"。

"雁行斜上云"	6笔字一	丢
"直须日观三更后"	6笔字一	阳
"直坐到三更多天"	6笔字一	阳
"一宿无话"	6笔字一	仁
"携手出中闺"	6笔字一	扣
"人无重见日"	6笔字一	因
"使君安置后"	6笔字一	如
"行年未三十"	6笔字一	休
"自作背时好"	6笔字一	妃
"征人犹在边"	6笔字一	优
"花空荫落"	6笔字一	阴
"正马上相逢"	6笔字一	早
"东坡已死不可作"	7笔字一	坏
"方同菊花节"	7笔字一	芳
"羞与蛾儿争耍"①	7笔字一	男
"春已十分宜"	7笔字一	村
"晚来天欲雪"	7笔字一	免
"十字上、添一撇"	7笔字一	牢
"行人夜上西城宿"	7笔字一	住
"画眉未稳"②	7笔字一	来

①耍，戏弄，扣"嫩"。
②画眉，象形倒"八"。

015

"未必柳条能蘸水"	7笔字一	沁
"西风夜转头"	7笔字一	库
"梅天下梅雨"	7笔字一	汩
"北斗回南面"	7笔字一	灼
"此地独从容"	7笔字一	坐
"星桥火树"	7笔字一	灾
"钩陈横复道"	7笔字一	皂
"仙人翻可见"	7笔字一	岘
"心随飞雁天南"	8笔字一	态
"一点不知人心"	8笔字一	态
"笑别闺中人"	8笔字一	始
"赏心何处"	8笔字一	昝
"西湖和靖"	8笔字一	泣
"此道无不备"	8笔字一	诠
"尊前风月又相思"①	8笔字一	板
"阳晖已得前星助"	8笔字一	郓
"态深入空贵"	8笔字一	忠
"主人一心好"②	8笔字一	态
"依前黄叶西风"	8笔字一	若
"江湖共在东"	8笔字一	注

---

①尊,同"遵"。遵行,遵从。
②"丶"古同"主"。

"白云长掩关"	8 笔字一	讵
"同道三四人"	8 笔字一	诠
"舍舟到云外"	8 笔字一	迫
"任船依断石"	8 笔字一	迫
"如何一席地"①	8 笔字一	枉
"满船空载月明归"	8 笔字一	迫
"明日难重持"	8 笔字一	朋
"重到广寒宫"	8 笔字一	朋
"元在人间"	8 笔字一	玩
"东郊人报"	8 笔字一	枘
"淡然相对"	8 笔字一	炎
"谈言微中"	8 笔字一	炎
"因此步步留心"	8 笔字一	些
"横竖在这里清净一天"	8 笔字一	昊
"帝出于震"	8 笔字一	枉
"盼盼先生此一行"	9 笔字一	星
"水洒复泥封"	9 笔字一	洼
"千古此轮安"	9 笔字一	脉
"湖涨月华升"	9 笔字一	泉
"同心而离居"	9 笔字一	恤
"青门又见春"	9 笔字一	栋

①席，凭借、倚仗。

"梨花与泪倾"	9 笔字一	泉
"斜鸿阵里"	9 笔字一	俚
"未收清禁色"	9 笔字一	洋
"好花如故人"	9 笔字一	姣
"始看还近侍"	9 笔字一	待
"不与松柏比"	9 笔字一	皆
"多凭折腰吏"	9 笔字一	哆
"船上有回书"	9 笔字一	迴
"雨中移竹"	9 笔字一	衍
"望之如何揽"	9 笔字一	相
"回首行人"	9 笔字一	徊
"来去春如客"	9 笔字一	荠
"任我云边宿"	9 笔字一	语
"执法西南夷"	9 笔字一	垫
"染翦宜弃冠"	10 笔字一	栩
"明当是重九"	10 笔字一	档
"行舟通远水"	10 笔字一	涌
"共指松椿偕老"	10 笔字一	栳
"白马骄不行"	10 笔字一	桥
"红艳隔林看"	10 笔字一	株
"入春明朝市"	10 笔字一	株
"相思十二时"	10 笔字一	核
"各在窗中见"	10 笔字一	格

"边鸿叫月"	10 笔字一	涓
"以昭君行"	10 笔字一	珩
"一片埋愁地"	10 笔字一	恚
"上下是新月"	10 笔字一	胭
"晴天断续云"	10 笔字一	靖
"皎若云间月"	10 笔字一	胶
"栖鸟向前林"	10 笔字一	秌
"相思从此始"	10 笔字一	柴
"昔听此言未能信"	10 笔字一	借
"同行十二年"	10 笔字一	胴
"斯言不虚矣"	10 笔字一	课
"心事少人知"	10 笔字一	息
"更逢重九"	11 笔字一	梗
"金盘珠露滴"	11 笔字一	淦
"主人一心好"	11 笔字一	惟
"白露滴林头"	11 笔字一	粕
"落月还西方"	11 笔字一	脱
"和立春"	11 笔字一	梓
"一笑樽前"	11 笔字一	笨
"偕来笑语喧"	11 笔字一	愉①
"见故人说道"	11 笔字一	皎

①俞，通"愉"，愉快。

"边鸿叫月"	12 笔字一	鹃
"第一是早早归来"	12 笔字一	晶
"日出正东峰"	12 笔字一	嵫
"今夜梦中无觅处"	12 笔字一	梦
"杜门不复出"①	12 笔字一	椑
"安同桃李荣"	12 笔字一	森
"江头潮正平"	12 笔字一	朝
"尚有南朝树"	12 笔字一	棠
"快买扁舟"	12 笔字一	逾
"岁晚复见收"	12 笔字一	靓
"春朝迎雨去"	12 笔字一	渣
"汉代谁居右"	13 笔字一	滩
"一笑生春"	13 笔字一	榆
"翠微高处"	13 笔字一	嵩
"高入广寒间"	13 笔字一	嵩
"未得天子知"	13 笔字一	群
"思乱暑风前"	13 笔字一	晡
"宜春帖子"	13 笔字一	栋
"来夕尚婵娟"	14 笔字一	膑
"直须日观三更后"	14 笔字一	碧
"秋瓜顶自开"	14 笔字一	瞅

①杜门居东南巽宫，属木。

“美人来未来”	14笔字一	鲜
“对朱颜”	14笔字一	赫
“料得秋来”	14笔字一	镀
“人到老方知”	14笔字一	魄
“明年人老”	14笔字一	魅
“花骢会意”	多笔字一	骤
“子规声断”	多笔字一	蹄
“别来莺再鸣”	多笔字一	蹄
“君应听子规”	多笔字一（该谜可直接猜中）	蹄
“净秋空”	多笔字一	晶
“晨会雨濛濛”	多笔字一	潮
“十月十日立冬”	多笔字一	潮
“如何此贵重”	多笔字一	樽
“君子从相访”	多笔字一	箱
“缭绕出前山”	多笔字一	嵺
“君子贵其全也”	多笔字一	篑
“满月光天汉”	多笔字一	塱
“公子佳人并列”	多笔字一	嬲
“千里不能隔”	多笔字一	骤
“秋来只欲上三书”	多笔字一	鑫
“归梦先湖外”	多笔字一	潸

"休轻刖孙膑"①	多笔字一	踵
"旧欢难得重见"②	多笔字一	傕
"鸳鸯意欲不去"	多笔字一	镏
"春窗四面开"	多笔字一	噪
"落梅无数"	繁体字一	夥
"夜夜林间明月"	繁体字一	夥
"青子枝头满"	繁体字一	夥
"结实植无穷"	繁体字一	夥
"青子累累"	繁体字一	夥
"多少春情意"	繁体字一	憶
"三正来复旦"	繁体字一	轟
"加餐当自为"	繁体字一	餘
"槐阴扫高堂"	繁体字一	塊
"樽前一长噫"	繁体字一	東
"又命鸳鸯来"	繁体字一	鍾
"夜来清梦绕西城"③	异体字一	埜
"只今南北断修涂"④	异体字一	汙
"十口系心抛不得"⑤	异体字一	志
"旧游却恐是前身"	异体字一	志

---

①《周朝秘史》第 94 回回目：孙膑下山服袁达 庞涓谋刖孙膑足。
②欢，旧写为歡。
③埜，古同"野"。
④汙，污的异体字。
⑤志，固的异体字。

"古人报一饭"①   异体字一   餽

"正西窗"②   异体字一   呪

"离宫延子产"③   异体字一   炗

"相逢一时说"④   异体字一   孻

"垃圾分类益处多"⑤   异体字一   塧

"探春不为桑"⑥   异体字一   叒

---

①餽，馈的异体字。
②呪，古同"咒"。
③炗，古同"光"。
④孻，古同"胎"。
⑤塧，古同"隘"。
⑥叒，古同"若"。

/ 词 汇

"中夜起明烛"	名词一 秋千格	点子
"屈指细寻思"	名词一	数量
"发踪指示语"	名词一	陈迹
"君莫上长竿"	方位名词一	中
"并作一园花"	方位名词一	西
"开门无客来"①	方位名词一	北
"安石须起"	方位名词一	后
"只有两端"	方位名词一	右
"见尔府中趋"	代词一	你
"抱子在其旁"	代词一	那儿
"非鬼亦非仙"②	代词一	他
"故人应也"	代词一	他
"也拟人归"	代词一	他
"我生困语言"	代词一	吾
"离合比盈亏"	动词一	夸口

①西北为开门。
②原诗中有"人在行云里"。

"欲置之大夫"	动词一	放松
"梨花满地"	动词一	倾吐（清土）
"士隐听得明白"	形容词一	费解
"只留离骚在世间"	形容词一	平凡
"茫茫无著相思处"	形容词一　白头格	潦（辽）草
"徐孺子年九岁"	形容词一	幼稚
"灯火适逢秋"	形容词一	明白
"洗眼见秋色"	形容词一	明白
"空自省"	形容词一	小
"区宇以宁"	数词一	一
"自然无日色"	数词一	一
"行色上东陌"	数词一	一
"空自省"	数词一	一
"交让未全死"①	数词一	一
"砌下落花风起"	数词一	卅
"若非心有得"	数词一	卅
"送人之军"	数词一	五
"方无了言语"	数词一	五
"尽日目断王孙"	数词一	廿
"行人日暮少"	数词一	廿
"唯言故人远"	数词一	十

---

①交让，木名。

025

"春分二月中"	数词一	十
"一朝秋色高"	数词一	百
"纵云台上"	数词一	二
"送春多少"	量词一	朵
"一种单方无授受"	量词一	担
"山中早行"	数量词一	一曲
"前村时节"	数量词一	二寸
"天时人事日相催"	数量词一	二寸
"莫待云深日暝时"	数量词一	二寸
"只得三分天地"	数量词一	一具
"落日窗中时"	数量词一	八寸
"欢笑惟三五"	数量词一	八台
"植杖昂鸠头"	数量词一	九棵
"举世尽兄孔方"	数量词一	一钱
"从来道生一"①	介词一	自
"云疏漏雁行"	介词一	自
"不复挺者"	副词一	简直
"不曾圆合"	副词一	过分
"古别离"	副词一	过分
"了非人世"	副词一	凡是
"斯言不虚矣"	叹词一	诶

①自，从、由，形成双扣。

"推宝玉入房"	连词一 梨花格	假设（贾舍）
"人事极诙诣"	语气助词一	啊
"令我和其后"	语气助词一	哦
"马嘶人起"	拟声词一	呜
"金谷园无主"	拟声词一	碜
"何人开殿合"	拟声词一	呵
"又命鸳鸯来"	拟声词一	铃铃
"一宿无话"	疑问代词一	谁
"满腹书何用"	成语一	文人相轻
"满腹诗书不直钱"	成语一	文人相轻
"一农败百商"	成语一	祸不单行
"何处寄书得"	成语一	难以置信
"有书无雁寄"	成语一	难以置信
"家书欲寄不堪凭"	成语一	难以置信
"锦字托谁钦"	成语一	难以置信
"载月明归"	成语一 蕉心格	回光返照
"归去须乘月"	成语一 蕉心格	回光返照
"归须月上时"	成语一 蕉心格	回光返照
"归时见月上"	成语一 蕉心格	回光返照
"待得月明归去也"	成语一 蕉心格	回光返照
"比司马青衫更湿"	成语一 白头格	催（崔）人泪下
"归鞍白云外"	成语一 辘轳格	天马行空
"受书十日九逃学"	成语一 卷帘格	一念之差

"少年多意气"	成语一 掉头格	小人得志
"如从地府到人间"	成语一	死而复生
"一襟幽恨向谁说"	成语一	惨无人道
"小儿拔秧大儿插"	成语一	揠苗助长
"老去有谁怜"	成语一	死不足惜
"弹到断肠时"	成语一	乐极生悲
"存殁故人情"	成语一	生死之交
"意合辞先露"	成语一	一语中的
"不知为瑞与为灾"	成语一	祸福相生
"难弟遇难兄"	成语一	情同手足
"抚掌相逢一笑同"	成语一	拍手称快
"江南江北多离别"	成语一	阴阳相隔
"行年未三十"	成语一	不可一世
"此意难表"	成语一	义不容辞
"两袖泪痕还满"	成语一	一衣带水
"淅沥生秋听"①	成语一	风木之悲
"准去寻春"	成语一	行将就木
"黄鹰抓住了鹞子的脚"②	成语一	环环相扣
"连王夫人并众姊妹 无不落泪"	成语一 掉头格	女流之辈
"事若求全何所乐"	成语一 卷帘格	美中不足

①"高柳萧萧，睡余已觉西风劲。小窗人静。淅沥生秋听。"承上文扣合。
②按歇后语"黄鹰抓住了鹞子的脚——扣了环了"进行扣合。

"密雪自飞空"　　　　　　5字成语一　　　大白于天下

"烂银盘、来从海底，
皓色千里澄辉"　　　　　5字成语一　　　大白于天下

"帐子的檐子是红的，火光
照着，自然红是有的"　　8字成语半句　　近朱者赤

/学科名词

"白牡丹"	学科— 秋千格	英语
"雨村道：'我如何得知?'"	学科简称三	化、语、生
"只且今这官司，如何剖断才好?"	学科简称四	化、理、生、语
"西归绝句"	文学样式一	古诗
"提钱进步"	文学样式一	赋
"妾妇之道也"	文学样式一	小说
"少年唯有欢乐"	文学样式一	小说
"重与细论文"	文学样式一	小小说
"抚卷一长叹"	文章体裁一	读后感
"呆呆的看那旧诗。看了一回，不觉的簌簌泪下"	文章体裁二	读后感、悲剧
"接书来瞧，从头看去，越看越爱看"	文章体裁二	读后感、喜剧
"心目益凄断"①	文学体裁三	新诗、读后感、悲剧
"莫教弦管作离声"	应用文体二	调令、合同

---

①"因君寄新诗，心目益凄断。"承上句扣合。

"相看共垂泪"	汉字部首一	氵
"寒灰更伴人"	汉字部首一	艹
"春去了、倩谁留"	汉字部首一	亻
"并随秋色动"①	汉字部首一	辶
"开元有道"	汉字部首一	辶
"宁无一个是男儿"	汉字部首一	宀
"星桥拥冠盖"	汉字部首一	宀
"语合自无猜"	汉字部首一	讠
"花中第一品"	汉字部首一	丨
"终日为谁忙"	汉字部首一	忄
"北方尽纳款"②	汉字部首一	攵
"饥来驱我去"	汉字部首一	饣
"愁杀卫夫人"③	汉字部首一	钅
"茗烟道：'秦相公不中用了。'"④	汉字部首一	钅
"心事少人知"⑤	汉字部首一	灬
"眼前自然了事"	汉字部首一	刂
"雨一直下"⑥	汉字部首一	丶
"昊天降佑"	汉字部首一	彳

①秋色，别解扣"郁"。
②北方，别解为"败"方。
③卫夫人，本名卫铄，晋代著名书法家。
④秦相公，秦钟。
⑤心属火。
⑥雨，做动词，下。

"还家有诗书"	汉字部首名称一	反文旁
"上琴台去"	古诗歌名词一	吟
"至今留得终天名"	古诗歌名词一	吟
"言语寻常亲"	语文名词一 上楼格	普通话
"一声《何满子》"	语文名词一	阴平调
"惟有归来是"	语文名词一	反对
"东方白"	语文名词一	主语
"赠言必有规"	语文名词一	语法
"素心才表"①	语文名词一	格言
"我欲从灵均"	语文名词一	原文
"两度呼来"	语文名词一 掉头格	着重号
"袭人紫鹃听到那里，不禁嚎啕大哭起来"	语文名词一 掉头格	双引号
"东风还又"	语文名词一	春联
"掩泪空相向"	语文名词一	流水对
"站着候旨"	语文名词一	立意
"童子向蓬莱"	人教版小学语文篇目一	小岛
"不知跬步间"	戏剧名词一 秋千格	武生
"乐天乃知命"	戏剧名词一	对白
"这话不差"	戏剧名词一	对白
"双官诰"	曲艺表演方式一	对口
"此语闻乐天"	方言一	白话

①"素心"别解为谜格。

"忻然为我说"	方言一	台语
"江梅开处又人家"	对联横批一	五福临门
"梅花照屋"	对联横批一	五福临门
"半倚朱栏欲绽时"①	对联横批一 双钩格	花开富贵
"满城方始乐无涯"②	对联横批一 双钩格	花开富贵
"心下方想到是凤姐顽他，因此发一回恨"	对联横批一 双钩格	瑞气临门
"思翁无岁年，翁今为飞仙"③	中学语文篇目一 脱帽格	杨修之死
"相看共垂泪"	儒学名词一	八目
"新春两行泪"	儒学名词一	八端
"男儿须读五车书"	传统文化名词一	汉文化
"本来面目不可识"	民俗文化名词一	原生态
"杜门不复出"	古文化名词一	木简
"明月逐弯弓"	英语单词一	Do
"正好三春桃李"	地理学名词一	森林
"夜雨复达旦"	地理学名词一	潮汐
"水宿淹晨暮"	地理学名词一	潮汐
"早晚见通波"	地理学名词一	潮汐
"覆水或旦暮"	地理学名词一	潮汐

①谜面出自唐归仁《牡丹》："三春堪惜牡丹奇，半倚朱栏欲绽时。"牡丹，别称富贵花。
②谜面出自邵雍《洛阳春吟》："须是牡丹花盛发，满城方始乐无涯。"
③谜面出自苏轼《醉翁操》，"翁"者，指的是欧阳修。

"青门引"①	地理学名词—	地震带
"微茫海四环"	地理学名词— 粉底格	大洋洲（周）
"宝玉道：'好兄弟，你是走不得的。'"	地理学名词— 粉底格	环流（留）
"千年应话天台"	山脉—	长白山
"倩何人唤取"	高原—	青藏
"月暗钱塘"	河流—	乌江
"林姑老爷是九月初三巳时没的"	世界湖泊— 秋千格	死海
"霰将集处"	自然现象—	雨
"内舍多寡妇"②	自然现象—	霜
"甘泽朝盈田"	自然现象—	雷
"草盛芸不长"	自然现象—	云
"雪深无路"	自然现象—	露
"数峰出云间"	民族—	高山族
"千峰出天际"	民族—	高山族
"太华五千仞"	民族—	高山③
"天姥连天向天横"	民族—	高山④
"独立云之际"⑤	民族—	高山⑥

---

①青门，八卦地处震卦。

②内，妇女、女色。孀，寡妇。

③指高山族。

④指高山族。

⑤谜面出自明郭之奇《念八立冬作秋怀诗三首 其二》："我思天半峰，独立云之际。"

⑥指高山族。

"同行十二年"	民族一	侗①
"旭日高山上"	民族一	白族
"白浪连天起"	民族三	水、景颇、壮②
"风雨排空浪拍天"	民族三	水、景颇、壮③
"富春客"④	省名一	江西
"仙人何许来"	省名一	山西
"满眼相思泪"	省简称一	湘
"和泪送春归"	省简称一	湘
"送君千万里"	省简称一	琼
"千万君须爱"	省简称一	琼
"此地即中林"	省简称一	桂
"坏起复麻"	省简称一	桂
"窗间列远岫"	省简称一	台
"落日空亭上"	城市简称一	宁
"留得一方无用月"	城市简称一	申
"且欣陪北上"	城市别称一	渝
"锦城起方面重"	矿物一	铝土
"珠走盘中"	数学名词一 掉尾格	圆心距

①指侗族。
②指水族、景颇族、壮族。
③指水族、景颇族、壮族。
④"暮潮送，富春客。"承上句指富春江，而非富春山。

"吹下半天香"	数学名词一	和
"几点疏疏雨"	数学名词一	积
"中有月轮满"	数学名词一	内圆
"此夕如何著"	数学名词一	模
"东北望春回"	数学名词一	根
"屈指细寻思"	数学名词一 秋千格	度数
"白首为功名"	数学名词一	加
"我来卧山中"	数学名词一	除
"屈指归来后"	数学名词一 秋千格	反数
"累次征书至"	数学名词一	函数
"留作败天公"	数学名词一	负角
"算计只有归来是"	数学名词一 上楼格	反对数
"卑哉蛮与触"	数学名词一	角
"月轮行似箭"	数学名词二	圆、速度
"又从骨肉起戈矛"	数学名词二	重合、内角
"白眼千年思"	数学名词二	小时、长度
"一一谁成功"	数学定理一 粉底格	负负得正(郑)
"流莺三数声"	数学符号一	≠
"才应始末怜"	数学符号一	÷
"旧约扁舟"	长度单位一	寸
"何日是圆时"	长度单位一	寸
"此时方独往"	长度单位一	寸
"两地疏封"	长度单位一	寸

"何日是来时"	长度单位一	寸
"二月已破三月来"	长度单位一	米
"麋鹿能远遁"	长度单位一	米
"逢君理入微"	长度单位一	里
"佩环声"	化学名词一	PH
"一时分付"	化学名词一 秋千格	离子
"从此萧郎是路人"①	化学名词一	衍生
"闲说秋来"②	化学元素一	铂
"先皇初在镐"	化学元素一	铂
"送秋行色"	化学元素一	铯
"早晚归飞碧落云"	化学元素一	硅
"并不见鸳鸯，里头只是黑漆漆的"③	化学元素二	钠、钨
"明日是秋中"	金属元素一	锂
"老子平生"④	化学物一	黄素
"月圆月半"	化学分子式一 秋千格	CO
"载月明归"	物理学名词一 卷帘格	反射光
"金碧上青空"	物理学名词一	三色光
"东邻西舍无相侵"	物理学名词一	中和
"一池风皱"	物理学名词一	波长

---

①萧郎，原指梁武帝萧衍，南朝梁的建立者，风流多才，在历史上很有名气。

②闲，限制、约束。

③鸳鸯姓金。

④谜面出自黄庭坚《念奴娇》。"老子"为作者自称，借代"黄"。

谜面	谜目	谜底
"逢风水不平"	物理学名词一	波长
"是时李白放江边"	物理学名词一	激子
"尤氏秦氏都说：'偏又派他做什么?'"①	物理学名词一 秋千格	焦距
"其归同道"	物理学名词一	回路
"尤氏问：'派了谁送去?'"	物理学单位一	焦耳
"风皱平池鉴有痕"	物理学名词二 卷帘格	波长、凸面镜
"欲归道无因"	物理学名词二	回路、绝缘
"华容俄见弃"	物理学名词二	老化、时速
"俯仰鬓成丝"	物理学名词二	老化、时速
"弦上的心事"②	电学名词一	火线
"天府之土"	计量单位一	斗
"当日灵均"	计量仪器一	天平
"闲却秋千索"	文档编辑名词一	空格
"千里共如何"	电脑病毒名一 秋千格	木马
"虚室生白"	网络名词一 下楼格	云空间
"相逢拌酪酊"	网站名一 上楼格	唯品会
"何必冠童辈"	网络软件名一	车里
"出门一笑莫心哀"	QQ功能一	空间说说
"怡然有馀欢"	QQ功能一	说说
"腹有诗书○自华"	生物学名词一	空气

---

①距，通"拒"，拒绝。
②上，方位词有前面之意，别解以省略秋千格。

"此身虽在堪惊"	生物学名词一	体毛
"正望落日中"	生物学名词一	叶
"国色浑无对"	生物学名词一	花冠
"莫若袭人第一"	生物学名词一	花冠
"橐中无一钱"	生物学名词一	完全花
"幸有囊中金"	生物学名词一	不完全花
"去年无麦，今年多稼"	生物学名词一	稀有种
"夫妻同寿"①	生物学名词一	树龄
"家财既尽骨肉离"	生物学名词二	完全花、皮
"叩头再拜须来乞"	生理学名词一	口吃
"欲记难为辞"	美术名词一	写生
"拈笔又忘筌"	美术名词一	写生
"无端弄笔是何人"	美术名词一	写生
"逢人且说三分"	美术名词一	留白
"得句未肯吐"	美术名词一	留白
"将言而未语"	美术名词一	留白
"此身虽在堪惊"	书法名词一	毛体
"酾酒临江"	音乐名词一	流行曲
"歌声未尽处，先泪零"	音乐名词一	流行曲
"临风一笑"	音乐名词一	吹乐

①夫妻，别解借代夫妻树。

"不愁三弄"①	音乐名词—	乐曲
"遇酒且呵呵"	音乐名词—	乐曲
"中宵起舒啸"	音乐名词—	号子
"下帘弹箜篌"	音乐名词—	室内乐
"百姓欢娱"	音乐名词—	民乐
"初试霓裳"	音乐名词—	开始曲
"琵琶且止休弹"	音乐名词—	结束曲
"赏音多向五侯家"	音乐名词— 秋千格	男声
"长笛一声吹"	音乐名词—	宫调
"复呼童稚前"	乐器—	小号
"此竹旧移来"	乐器—	笛
"须满十分"	乐器—	胡角
"灯前结束又前去"	体育名词—	圣火
"乾坤扫阴霾"	历史学名词 连朝代	天地会、清
"只有相随无别离"	历史学名词—	合从
"四时俱备"	历史学名词— 白头格	东（冬）周
"三四讨楼兰"	历史学名词—	七国
"只恐远归来"②	历史学名词—	长毛
"秋至天地闭"	历史学名词—	金人
"空对着"	历史学名词—	天朝

---

①"三弄"是乐曲名。

②长毛，指太平军，因太平天国成员皆披头散发，故由此称。长毛也泛指盗匪。

"胡中妾独存"	历史学名词二 上楼格	单于、匈奴王
"力稽乃有秋"	人种一 下楼格	白种人
"上下是新月"	人种一	白人
"墨点飞雁行"	人种一	黑人
"落月满屋梁"	年号一	光宅
"一轮明月照华堂"	年号一	光宅
"明月窥窗间"	年号一	光宅
"中庭月色正清明"	年号一	光宅
"帘开最明夜"	年号一	光宅
"空庭皓月圆"	年号一	光宅
"白月纷纷照屋梁"	年号一	光宅
"正明月、屋梁坠"	年号一	光宅
"太阳照在屋子里呢"	年号一	光宅
"满屋里上头是灯，地下是火"	年号一	光宅
"凑成便是一枝花"	年号一 秋千格	庆和
"向春入二月"	年号一	大明
"春分二月中"	年号一	大明
"渐渐分曙色"	年号二	天开、始光
"庭院渐分明"	年号二	天启、光宅
"照着一个大空院子"	年号二	光宅、正光
"舟行趁晓"	朝代一	辽
"春在乌纱帽上"	朝代一	宋
"宰相先生许"	朝代一	宋

"冠儿还有不整"	朝代一	宋
"乘一舸、镇长见"	朝代一	元
"漫长是、系行舟"	朝代一	元
"舟移不知远"	朝代一	元
"醉时方休"	朝代一	元
"朝阳忽西驰"	朝代一	明
"青天坠长星"	朝代一	明
"都是些阴阳了"	朝代一	明
"爱东西双涧"	朝代一	汉
"嫁夫欲夫富"	朝代三 白头格	新（心）朝、殷、汉
"犹自多情"①	心理学名词一	本性
"车马过从已有尘"	军事名词一	炮灰
"素弦声断"	军事名词一	空弹
"朱弦尘土生"	军事名词一	空弹
"弦琴无外事"	军事名词一	空弹
"闻筝堕泪"	军事名词一	流弹
"满阶梧桐月明中"	外舰艇型号一 卷帘格	光荣级
"下第西归"	古兵器一	竹弓
"归心常共知"	古兵器一	矢
"锦字托谁欸"	心理学名词一	迷信

①情，性也。——《吕氏春秋·上德》

"东郊人报"	性格特征一	木讷
"东西又别离"	哲学名词一	主客二分
"朝廷倚以隆"	法律名词一 梨花格	仲裁（重才）
"眼青怜造士"	法律名词一 梨花格	仲裁（重才）
"强鸣刀尺"	法律名词一 白头格	仲（重）裁
"立天下之正位"	党史名词一	"十大"
"说与人人道"	时政名词一	"两会"
"故为之说"	社会主义核心价值观词一 徐妃格	法治
"欢娱渐随流水"	社会主义核心价值观词一 徐妃格	法治
"从来道生一"	社会主义核心价值观词一	自由
"自有欢喜处"	戏剧名词一	台本
"一见秋色"	戏剧名词一	独白
"儿女眼未识"	戏剧行当冠数量	两个小生
"面苍然"	京剧角色一	白脸
"山中早行"	戏剧角色一	旦
"童子何知"	戏剧角色一	小生
"大小无百年"	学校名词一 秋千格	期中
"试问姮娥"	学校名词一 秋千格	月考
"父老将衣挽"	学校名词一	考卷
"或五彩皆具"	学校名词一	全班
"所以传道授业解惑也"	学校名词一	教师会
"答谢中书书"	学校活动一	征文

"童年且未学"①	高校简称—	法大
"独向长空背雁行"	高校简称—	北大
"雨村道:'我如何得知?'"	高校专业— 卷帘格	生化系
"万面鼓声中"②	外国著名学院简称—	WMG
"几番桃李"	教育名词—	学生数

---

①法大，中国政法大学之简称。
②英国华威大学制造工程学院（Warwick Manufacturing Group），简称WMG。

/ 行业名词

"生年生日同时"	银行名词一	月息
"声发涕辄随"	银行名词一	流水号
"惜春门掩"	银行名词一 梨花格	假币（贾闭）
"西塞山前"	古货币一	银
"惟有故人知"	古货币一	交子
"出门谁与游"	股市名词一	外盘
"何处是前期"	股市名词一 秋千格	早盘
"子非三闾大夫欤"	股市名词一 秋千格	平盘
"住马来相问"	股市名词一	午盘
"不知其旨也"	商业名词一	生意
"恨不故人逢"	商业名词一	秋交会
"相逢更可恨"	商业名词一	秋交会
"何当赋归来"	税务名词一 秋千格	返税
"独此一长啸"	物流名词一	单号
"一点秋波"	出版名词一	子目
"子孙不相忘"	出版名词一	后记
"终不忘"	出版名词一	后记
"微吐三五枝"	纸张名词一 掉尾格	小八开

"十二重门不上关"	纸张规格冠量	一打一开
"春意渐回"	农业名词一	返青
"初求畎亩下"	农业名词一	田
"韩侯安在"	电信名词一	短信
"长啸上天去"	电信名词一 秋千格	空号
"长啸视青冥"	电信名词一 秋千格	空号
"倚天长啸"	电信名词一	空号
"几日喜春晴"	电信名词一 卷帘格	110
"边烽白羽"	航天名词一	火箭
"云阶伫立"	航天名词一	空间站
"独立云之际"	航天名词一	空间站
"相遇泛波衔舳舻"	交通名词一	过水路面
"东风紧送斜阳下"	交通名词一 秋千格	黑车
"只留一路过东风"	交通名词一 掉尾格	单车道
"下马拜了印"	交通名词一	上车证
"独倚东风"	交通工具一	单车
"东风卷得均匀"	交通工具一	土车
"花也应悲"	部队名词一 上楼格	负伤费
"幽恨入琵琶"	丧事名词一	哀乐
"红紫团枝"	建筑用物一	彩条布
"丁男事征讨"	建筑名词一	阳角
"烽火满乾坤"	建筑名词一 卷帘格	阴阳角
"女有归"	建筑名词一 秋千格	反口

"掘沼以秧莲"	建筑名词一	花池
"前事语妻妾"	建筑名词二	过道、两房
"如何此枝上"	装修材料一	木条
"怕人寻问"	纺织名词一	毛质
"占十分秋色"	服装名词一	白毡
"妻子恩情乖"	服装名词一	内背心
"天教称放翁"	旅游名词一	一日游
"来往不逢人"	摄影名词一	单反
"白月纷纷照屋梁"	摄影名词一	室内光
"正明月、屋梁坠"	摄影名词一	室内光
"满屋里上头是灯，地下是火"	摄影名词一	室内光
"明月如霜"	餐饮名词一	冷盘
"何必备芳鲜"	餐饮名词一	美食节
"浑家不相识"	餐饮名词一	生肉
"自是休文"①	合同法名词一	本约
"泪弹不尽临窗滴"	户籍管理名词一	流动人口
"春分二月中"	户籍管理名词一	人口
"家徒壁"	户籍管理名词一	空户
"政由羽出"	图书馆名词一 秋千格	典籍
"握手一相送"	武术名词一 秋千格	横拳
"千里起足下"	武术名词一	马步

---

①梁朝的沈约字休文。

"鸡声踏晓呼"	报刊— 双钩格	光明日报
"虚空了无事"	道教名词—	"三清"
"行欢终宇宙"	佛教名词—	极乐世界
"蓦地烧天蓦地空"①	命理学名词—	火日
"鸡鸣第一声"	命理学名词—	丑宫
"为郎本是仙"	命理学名词— 蝇头格	食神
"苏州司业诗名老"②	命理学名词— 双钩格	文昌贵人
"修竹隐深寺"	命理学名词—	土行
"织女夜中起"	命理学名词—	子星
"中宵同月"	命理学名词—	子星
"借问女郎何处来"	奇门遁甲名词— 秋千格	阴盘
"报应何足说"	六十四卦—	兑
"说与行云"	六十四卦—	兑
"说无生话"	六十四卦—	兑
"方过授衣月"③	六十四卦—	咸
"从三月下雨起"	六十四卦—	震
"春恨正关情"	六十四卦—	艮
"伯子公侯"	八卦名词—	少男
"就阳之位"	八卦名词—	长男

①谜面先自行抵消"蓦地"。
②苏州司业,张籍,字文昌。贵,评价高;值得珍视或重视。
③授衣月,农历九月别称,借代"戌"。

/ 短 语

"马蹄难驻"	3 字口语一 卷帘格	了不得
"起坐在一旁"	3 字口语一	靠边站
"底事却欣欣"	3 字口语一	不高兴
"兴怀及昔者"	4 字口语一	说得过去
"叙旧期"	4 字口语一	说得过去
"相欢不异昔"	4 字口语一	说得过去
"怀昔无悲伤"	4 字口语一	说得过去
"欢笑情如旧"	4 字口语一	说得过去
"追寻往事倍伤情"	4 字口语一 卷帘格	说不过去
"懒摇白羽扇"	口语一 双钩格	作风不好
"一听管弦凄切"	4 字口语一	乐不乐意
"纵有笙歌亦断肠"	4 字口语一	乐不乐意
"引胡笳怨"	4 字口语一	乐不乐意
"吹起新愁"	4 字口语一	乐不乐意
"羌管愁吹处"	4 字口语一	乐不乐意
"听歌无欢声"	4 字口语一	乐不乐意
"清商哀怨"	4 字口语一	乐不乐意
"琵琶流怨"	4 字口语一	乐不乐意

"歌声凄怨"	4 字口语一	乐不乐意
"闻筝堕泪"	4 字口语一	乐不乐意
"一笑置勿论"	4 字口语一	说不出口
"欢乐难具陈"	4 字口语一	说不出口
"悲欢追往事"	4 字口语二 掉头格	说不过去、说得过去
"端坐百无虑"	5 字口语一	高兴不起来
"卧向白云情未尽"	5 字口语一	高兴不起来
"甘卧白云中"	5 字口语一	高兴不起来
"一笑任倾倒"	5 字口语一	高兴不起来
"开元有道"	5 字口语一 下楼格	说不到一块
"明月逐人归"	3 字俗语一	见光死
"归去须乘月"	3 字俗语一 上楼格	见光死
"面朝大海"	3 字俗语一 上楼格	出洋相
"江上风雷恶"	3 字俗语一 下楼格	打水漂
"我虽是奴才丫头，敢说什么？"①	4 字俗语一	金口难开
"单夹衣裳"	5 字俗语一	少来这一套
"衣裳昔所制"	5 字俗语一	老来这一套
"未得科名鬓已衰"	5 字俗语一 脱靴格	人老不中用
"浪呀么浪打浪"	8 字俗语一	一波未平，一波又起

①我，指金鸳鸯。

"衣裳旧日殊"	3字常言一	新一套
"古锦请裁衣"	3字常言一	老一套
"旧时罗绮"	3字常言一	老一套
"背时装束"	3字常言一	老一套
"志意虽依旧"	3字常言一	小聪明
"此道须君至"	3字常言一	表面上
"差池欲住"	常言一 双钩格	不出意外
"腊月开花是北人"	2字潮汕口语一	借日①
"胜负既分"	2字潮汕口语一	无和②
"草盛豆苗稀"	2字潮汕口语二	种杂、布田③
"紫燕黄鹂亦言语"	3字潮汕口语一	鸟鸟叫④
"鹏听鹦所云"	3字潮汕口语一	鸟鸟叫
"山胡新啭，子规言语"	3字潮汕口语一	鸟鸟叫
"眼饱不救腹"	4字潮汕俗语一	看有食无⑤
"山列千重静"	汉字书写用语一	一画
"恰经年离别"	银行用语一	分期
"朝喧弦管，暮列笙琶"	银行用语二	调整日、无息
"千载无人会此心"	财务用语一	二上
"不如放眼入青冥"	股市用语一	看空

①借日，潮语指晒太阳。

②无和，潮语指不合算。

③种杂，潮语指遗传性。布田，潮语指插秧。

④鸟鸟叫，潮语指话太多、说个不停。

⑤看有食无，潮语指只能看到却吃不到。

"游目清霄极"	股市用语一	看空
"兄从南山来"	股市用语一	长阳
"何日同携手"	股市用语一 秋千格	拉盘
"夜夜空相向"	股市用语一 蝇头格	多单
"一逝九泉无处问"	股市用语二 掉头格	阴跌、空盘
"欲屈万乘之尊"	商业用语一	九五折
"武皇升仙去"	商业用语一	九五折
"遂回戈倒兵，奋力一阵，把林四娘等一个不曾留下"	商业用语一	全部打折
"好花如故人"	商业用语一 秋千格	交费
"端有由来"	写作用语一	起因
"一半花犹属别人"	计算机用语一	优化
"赠言必有规"	文档编辑用语一	制表
"代别情人"	文档编辑用语二	替换、分节
"归来种豆南山中"	农业用语一	潜在耕地
"他日出尘埃"	工业用语一	未净化
"泪滴千千万万行"	工业用语一	多条流水线
"身犹是客"	建筑用语一	非主体
"起伏的青山一座挨一座"	中医用语一	脉象不稳
"志意虽依旧"	行政用语一	记过
"终不忘"	行政用语一 秋千格	记过
"待散以吹箫"	行政用语一 秋千格	调离
"家家追乐事"	电视频道用语一	第二台

"落花啼鸟"	影视用语一 秋千格	鸣谢
"更结后生缘"	命理学用语一	十星
"金桂越发性起"	命理学用语一	夏火旺
"到得再相逢"	佛教用语一 燕尾格	达观
"众绿经新雨"	佛教用语一	点化苍生
"一品与千金"	礼貌用语一 燕尾格	贵姓
"辛夷花尽杏花飞"	礼貌用语一	谢谢
"坐见落花长叹息"	礼貌用语一	感谢
"梅落繁枝千万片"	礼貌用语一	多谢
"月华冷气侵高堂"	礼貌用语一	光临寒舍
"楼上残灯伴晓霜"	礼貌用语一	光临寒舍
"帘开最明夜，簟卷已凉天"	礼貌用语一	光临寒舍
"有明月、怕登楼"	礼貌用语一 蕉心格	光临寒舍
"月冷满庭霜"	礼貌用语一	光临寒舍
"直照破荆扉"	礼貌用语一	光临寒舍
"重会面"	礼貌用语一	再见
"报答平生未展眉"	西方节日连祝语	复活节快乐
"却喜西风来"	节日连祝语 掉头格	中秋节快乐
"伤心复伤心"	节日连祝语	中秋节快乐
"一壶浊酒尽馀欢"	节日连祝语	春节快乐
"唯酒与止喜"	节日连祝语	春节快乐
"予之遇兮多烦忧"	节日连祝语	愚人节快乐
"终年登险阻"	4字祝语一	老少平安

"不识好人心"	厨房用语—	生火
"徒要教郎比并看"	餐饮用语—	生食
"颠倒衣裳"	包装用语—	反装
"见逐张征虏"①	棋类用语—秋千格	飞相
"犹及清明可到家"	学校用语—卷帘格	第一节
"近寒食人家"	学校用语—卷帘格	第一节
"总角取科名"	学校用语—掉尾格	小中考
"与君共赋"	学校用语—	上课
"屈指元宵"	学校用语—秋千格	节数
"取法于天"	教育用语—秋千格	上学
"就阶犹不进"	教育用语—	留级
"不使玉阶行"	教育用语—	留级
"齐向官司进词讼"	语文教学用语—双钩格	状语用法
"赠内人"	请柬用语—	授室
"夫君子之行"	中医用语—蝇头格	食水
"不出只愁感"	中医用语—	一处内伤
"贾夫人仙逝扬州城"	医学用语—秋千格	过敏
"独居方寂寞"	法律用语—脱靴格	聚众闹事
"其归同道"	赛场用语—	回表
"辜负东风约"	交通用语—	误车
"人影鉴中移"	户籍簿用语—秋千格	迁入

①三国时，蜀将张飞封为征虏将军，故称张征虏。

"巍巍致君期"	网络用语一	高大上
"春朝迎雨去"	工具书使用用语一	查法
"故人相借问"	职场用语一	交盘
"人间唯贵重"	文化术语一	小天地
"君子得其道"	戏剧术语一	打诨
"数萼初含雪"	戏剧术语一	念白
"七月既望"	玄学术语一 秋千格	看相
"得志岂计晚"	风水学术语一	十忌
"不知乃贵，不见乃神"	道教术语二 掉头格	重生、空灵
"第中无一物"	佛教术语一	空门
"日落烟欲横"	佛教术语一	火大
"偷开门户又翻书"	佛教术语一	风大
"突兀胸中屋万间"	医学术语一	心室扩张
"骨肉相聚愁"	医学术语一	皮内伤
"歌管酬寒食"	心理学术语一	调节
"寻访郎君"	生物学术语一 蜓尾格	觅食
"髻鬟对起"	军用飞机术语一	双发
"无言有泪"	军事术语一	水下静音
"言罢泪盈衣"	军事术语一	水下静音
"来往天台天姥间"	军事术语一	游击
"不负心期"	金属加工术语一	正火
"清旦理犁锄，日入未还家"	围棋术语二	白做活、黑做活

"花开无伴"	桥牌术语一	单张
"长跪还席前"①	骨牌术语一	幺点
"桃花弄水色"	体坛术语— 秋千格	黑马
"千里水天一色"	体坛术语— 秋千格	黑马
"暗驻五花骢"	体坛术语—	黑马
"终日见桃花"	体坛术语—	黑马
"执子之手，与子偕老"	乒乓球术语— 秋千格	长拉
"携手同归处"	乒乓球术语—	反拉
"远意谁能知"	命理学术语—	长生
"琼树挂初日"	命理学术语—	旺木
"春眼不知处"	命理学术语—	相生
"战必胜矣"	拼音输入错误语—	攻，打成功
"汤总镇得了大胜"②	拼音输入错误语—	攻，打成功
"遇雨不愁归"	催促语—	快点
"幸于始者怠于终"	情绪语—	堵心
"又生秋意"	法医鉴定语—	重伤
"独抱凄楚"	法医鉴定语—	一处内伤
"鸡鸣秉烛游"	3字外貌描述语—	有点丑
"风流八十"	4字性格特征描述语—卷帘格	老是动气
"归去须乘月"	4字归期答复语—	得明晚回

①长跪，两膝着地，臀部离开足跟，直身而跪。象形扣"幺"。此为作者首创。

②《儒林外史》第四十三回，汤总镇在野羊塘大败逆苗。

"待踏马蹄清夜月"　　　4 字归期答复语—　　　得明晚回

"上结着长生果"　　　　4 字对人斥责语—　　　极不老实

"桃边迷路"　　　　　　5 字辩解语—　　　　　实际不知道

"行到当时相送处"　　　武侠小说常用语—　　　就此别过
　　　　　　　　　　　掉尾格

/句 子

"千金纵买相如赋"	汉代五言古诗句一	脉脉不得语
"愁只是、人间有"	《礼记·乐记》二句连	乐者，天地之和也
"归路莫愁长"	《论语·雍也》一句	回也不改其乐
"归兴自留连"	《论语·雍也》一句	回也不改其乐
"归欤还可喜"	《论语·雍也》一句	回也不改其乐
"孝文最称贤"①	《孟子·告子下》一句 下楼格	人恒过
"百姓欢娱"	《孟子·梁惠王章句下》一句	民亦乐其乐
"偶然生要路"	《道德经》一句	非常道
"把乾坤收入，篷窗深里"	《道德经》一句	天地之间
"催尽乱红飞絮"	《劝学》一句	风雨兴焉
"金桂见婆婆如此说丈夫"②	《师说》一句 白头格	李（理）氏子蟠
"舞鞋从此生尘"	《愚公移山》一句	跳往助之

①"西汉十二帝，孝文最称贤"，承上句，西汉孝文皇帝指刘恒。

②氏，通"是"，此、这。

"莫教弦管作离声"①	《陋室铭》一句	无丝竹之乱耳
"大老爷、二老爷并一家的爷们都来了，在厅上呢。"	《过秦论》一句	聚之咸阳
"醉席淋漓笑语"	《醉翁亭记》一句	宴酣之乐
"仁智所乐"②	《醉翁亭记》一句	在乎山水之间也
"宜将弓矢速"	《醉翁亭记》一句	射者中
"绣一双双"	《滕王阁序》一句 下楼格	四美具
"谁教夸父逐"	《兰亭集序》一句	是日也
"欢娱重朋旧"	《捕蛇者说》一句 卷帘格	故为之说
"怀昔无悲伤"	《捕蛇者说》一句	故为之说
"死于安乐"	《捕蛇者说》一句	故为之说
"归来作此辞"	《捕蛇者说》一句	故为之说
"使我心悦夷"	《捕蛇者说》一句	余悲之
"借问复为谁"	《阿房宫赋》一句	盘盘焉
"借问为谁开"	《阿房宫赋》一句	盘盘焉
"借问此何时"	《阿房宫赋》一句	盘盘焉
"宝玉因问：'哥哥不在家?'"	《阿房宫赋》一句 素腰格	盘盘（蟠）焉
"你大约也深知这凶犯躲的方向了?"	《阿房宫赋》一句 素腰格	盘盘（蟠）焉

①"丝"指弦乐器，"竹"指管乐器。

②仁智所乐，语出《论语》"智者乐水，仁者乐山"。

"遥对敬亭开"	《阿房宫赋》一句	函谷举
"遥对敬亭开"	《岳阳楼记》一句	衔远山
"太白收光芒"	《岳阳楼记》一句 脱帽格	日星隐曜
"仙人翻可见"	《桃花源记》一句	便得一山
"此时李纨见黛玉略缓，明知是回光反照的光景"	《桃花源记》一句 双钩格	欲穷其林
"后来降凡历劫，还报了灌溉之恩"	《桃花源记》一句	林尽水源
"见梅枝，忽相思"	《木兰诗》一句	女亦无所忆
"匈奴大入边"	《蜀道难》一句	胡为乎来哉
"春夏秋冬捻指间"	《逍遥游》一句	此小年也
"门前虽有径"	《孔雀东南飞》一句 脱帽格	念与世间辞
"急若机上梭"	《孔雀东南飞》一句	非为织作迟
"久无所举"	《劝学》一句	不复挺者
"满碛寒光生铁衣"①	《陌上桑》一句	日出东南隅
"但使龙城飞将在"	《周亚夫军细柳》一句	以备胡
"渐秋空向晚"	《吊古战场文》一句 徐妃格	呜呼噫嘻
"倦翼投深樾"	《吊古战场文》一句 卷帘格	鸟飞不下
"翅已高青冥"	《吊古战场文》一句	鸟飞不下
"但使龙城飞将在"	《戊午上高宗封事》一句	变为胡服
"独乐乐"	《黄生借书说》一句	为一说
"已过谷雨十六日"	薛福成《登泰山记》一句	四月既望

①"平明日出东南地，满碛寒光生铁衣。"承上句扣合。

"门外多车骑"	《曹刿论战》一句 脱帽格	吾视其辙乱
"凤姐听了，一腔火都发作起来"	《王翦传》二句连	王闻之，大怒
"淅沥生秋听"	曹植五言诗一句 掉尾格	高树多悲风
"银河吹笙"	杜甫七言诗一句	此曲只应天上有
"歌声岂合世间闻"	杜甫七言诗一句	此曲只应天上有
"空传广陵散"	杜甫七言诗一句	此曲只应天上有
"云度弦歌响"	杜甫七言诗一句	此曲只应天上有
"安得入醉乡"	温庭筠七言诗一句	春来多少伤心事
"但用醉为娱"	温庭筠七言诗一句	春来多少伤心事
"小酿不供愁"	温庭筠七言诗一句	春来多少伤心事
"欲断愁根有醉乡"	温庭筠七言诗一句	春来多少伤心事
"醉乡里、无限欢娱"	温庭筠七言诗一句	春来多少伤心事
"梧桐更兼细雨，到黄昏、点点滴滴"	白居易五言诗一句 粉底格	荣落同一晨（辰）
"秋桐故叶下"	白居易五言诗一句	一岁一枯荣

"酒中延昼"	白居易三字诗一句	春日迟
"遗恨夕阳中"	李商隐五言诗一句	向晚意不适
"兴尽夕阳天"	李商隐五言诗一句	向晚意不适
"凄凉生较迟"	李商隐五言诗一句	向晚意不适
"最愁人是黄昏近"	李商隐五言诗一句	向晚意不适
"欲志今朝乐"	皮日休五言诗一句 遥对格	因成别后悲
"不雨其失职"	陆游五言诗一句	当与天下共
"新年隔数更"	史青五言诗一句	今岁今宵尽
"简易在白昼"	司空曙五言诗一句	难分此夜中
"愿得人间皆似我"	李绅五言诗一句	四海无闲田
"待到秋来九月八"	梅尧臣五言诗一句 掉尾格	花不与时同
"连宵脉脉复飕飕"	孟浩然五言诗一句	夜来风雨声
"新愁还织"	李清照词一句	正伤心
"夙遭闵凶"	辛弃疾词一句	过则为灾
"汉魏名流"	辛弃疾词一句	曹刘
"天下英雄，使君与操"	辛弃疾词一句	曹刘
"偷偷的看那五儿，越瞧越像晴雯"	欧阳修词一句	柳似伊
"待向灯前休睡"	苏轼词一句	照无眠
"不寐看银烛"	苏轼词一句	照无眠
"开门看"	苏轼词一句	西北望
"便嫁莫留住"	苏轼词一句	归去

"今岁今宵尽"①	柳永词一句	年光晚
"去年今日此门中"	韦庄词一句	依旧桃花面
"此声谁解听"	岳飞词一句	知音少
"可怜白雪曲"	岳飞词一句	知音少
"为君翻作《琵琶行》"	元稹七言诗一句	应是江州司马书
"凡百元首"	宋 松洲词一句	万分之一
"有恨无人省"	张炎词一句	愁未了
"安能辨我是雄雌"	张炎词一句	只有花知
"何以解忧"	刘克庄词一句	惟酒可浇愁
"多是横戈马上行"②	王禹偁五言诗半句	总角耳
"心下越发感爱袭人"	清代况周颐词一句	著意怜花
"老去惜花心"	元曲《醉西施》一句	做鬼也风流
"挥毫写别恨"	毛泽东词一句	书生意气
"掷笔不求佳传作"	毛泽东词一句 双钩格	书生意气
"孤之过也"	《三字经》一句	惟一经
"归路不相随"	《三字经》一句	惟一经
"嫁鸡随鸡，嫁狗随狗"	《三字经》一句 下楼格	夫妇顺
"高枝低枝风"	《秋声赋》一句	声在树间
"松风浩荡"	《秋声赋》一句	声在树间

---

①谜底为柳永《迷神引》"觉客程劳，年光晚"，说的是柳永功名蹭蹬，及第已老，游宦更迟的感慨。

②整句为"总角取科名"。

"枝梢上吱喽喽发哨"	《秋声赋》一句	声在树间
"东西南北望"	释师观《偈颂七十六首》一句	目顾四方
"且夫天地之间"	释师观《偈颂七十六首》一句	别是一乾坤
"乘玉虬以游乎穹窿耶"	卦爻辞一句	飞龙在天

/文 学

"收灯方了"	典故名一	乌白
"还顾望旧乡"	典故名一	观井
"林梢鸣淅沥"	典故名一	风木
"乱书还就叶"	典故名一	风木
"方看梅柳春"	典故名一	杏林
"追欢偶作"	历史典故名一	双台
"一夕鬓欲华"	曲牌名一	忽都白
"俯仰鬓成丝"	曲牌名一	忽都白
"深院红莲尚围绕"	词牌名一	满庭芳
"兰花与芙蓉"	词牌名一	满庭芳
"一笑樽前"	词牌名一	迎春乐
"少亦苦，老亦苦"	词牌名一	于中好
"佳期又遇一阳生"	词牌名一	好时光
"乘风列子，列子乘风"	词牌名一	字字双
"他自小七八岁上，就是个神童"①	词牌名一 掉头格	虞美人

①谜面出自《儒林外史》第四十七回回文。

"正闷里、也须欢喜"	词牌名一	悲中乐
"幽恨入琵琶"	词牌名一	悲中乐
"似诉平生不得志"	词牌名一	乐中悲
"纵有笙歌亦断肠"	词牌名一	乐中悲
"一听管弦凄切"	词牌名一	乐中悲
"引胡笳怨"	词牌名一	乐中悲
"吹起新愁"	词牌名一	乐中悲
"羌管愁吹处"	词牌名一	乐中悲
"听歌无欢声"	词牌名一	乐中悲
"清商哀怨"	词牌名一	乐中悲
"琵琶流怨"	词牌名一	乐中悲
"歌声凄怨"	词牌名一	乐中悲
"闻筝堕泪"	词牌名一	乐中悲
"清歌一曲断君肠"	词牌名一	乐中悲
"琵琶一曲肠堪断"	词牌名一	乐中悲
"若听离歌须断肠"	词牌名一	乐中悲
"琴心正幽怨"	词牌名一	乐中悲
"木兰当户织"	文学名词一 掉头格	处女作
"雁书还闺闱"	文学名词一 卷帘格	处女作
"雄立东方"	文学名词一 上楼格	主人公
"一气动山河"	文学名词一 秋千格	国风
"一水隐芙蓉"	文学名词一	花间派
"朝朝马策与刀环"	《诗经》篇目一	常武

"西风吹雨至"	《庄子》篇目一	秋水
"疏雨更西风"	《庄子》篇目一	秋水
"来往无拘"	《庄子》篇目一	逍遥游
"千里无鸡鸣"	《庄子》篇目一	马蹄
"死于安乐"	韩非子作品一	说难
"西风夜转头"	南北朝庾信诗目一	晚秋
"东风紧送斜阳下"	韩愈诗目一	晚春
"屈子沈渊日"	韩愈作品一	原鬼
"谁能绝人命"	韩愈作品一	原鬼
"屈氏已沈死"	韩愈作品一	原鬼
"应被桃花笑"	韩愈作品一	马说
"直到三遍之后，才晓得是天地间之至文"①	韩愈作品一	进学解
"生而为英"	作品连作家 粉腿格	活着、余（于）华
"怅望三百篇"	孟郊诗目一	怨诗
"犹解嫁东风"	孟浩然诗目一 秋千格	春晓
"想见东风"	李白诗目一	思春
"莫惜金樽频倒"	李白诗目一	长干行
"断送一生唯有酒"	杜甫诗目一	春归
"杯酒生平尽"	杜甫诗目一	春归
"秋光向晚"	白居易诗目一	冬夜

---

①谜面为《儒林外史》第三回，周进第三次才看懂范进卷子的感悟。

"料素娥、犹带离恨"	白居易诗目一	秋月
"驱马去悠悠"	白居易诗目一	日长
"遗恨夕阳中"	白居易诗目一	秋晚
"向春入二月"	白居易诗目一 秋千格	花酒
"东风发萌芽"	白居易诗目一	春生
"西风归雁荡"	白居易诗目一	秋山
"向春入二月"	李商隐诗目一	柳
"春分二月中"	李商隐诗目一	柳
"留取四时春好"	李商隐诗目一	柳
"一声声更苦"	李商隐诗目一 秋千格	楚宫
"一笑且开筵"	李商隐诗目一	燕台
"宝玉竟是不懂"	李商隐诗目一	贾生
"远壑杜鹃响"	王维诗目一	鸟鸣涧
"十月二十日作"	王维诗目一	早朝
"残僧野寺相依"	唐彦谦诗目一	寄同上人
"东西南北望"	高蟾诗目一 白头格	关（观）中
"老太太、太太心闲了"	李峤诗目一	门
"天虽不可问"	李峤诗目一	门
"千古如何不见一人闲"	李峤诗目一	门
"闲居遇重九"	李峤诗目一	门
"酒边唤回柳七"	薛能诗目一	春咏
"撒盐空中差可拟"	元稹诗目一	雪天
"朝来转西风"	杜牧诗目一	早秋

"不知二十年"　　　　　　杜牧诗目一　　　　　月

"跃马清明前"　　　　　　徐铉诗目一 上楼格　　春分日

"东风悠然来"　　　　　　王宗道诗目一　　　　春闲

"颠狂遍九州"①　　　　　陆游诗目一　　　　　病中

"朔风如解意"　　　　　　陆游诗目一　　　　　冬晓

"屈指堪惊"　　　　　　　陆游诗目一 粉底格　寒暑（数）

"鸿北去，日西匿"②　　　陆游诗目一　　　　　春晚

"东风向晚"　　　　　　　王安石诗目一　　　　春夜

"唯有谪仙著语"　　　　　王安石诗目一　　　　白云

"目送秋光"　　　　　　　曾巩诗目一 秋千格　　冬望

"卷帘秋月清"　　　　　　苏辙诗目一　　　　　冬至日

"凭高送春目"　　　　　　苏洵作品一　　　　　任相

"莫是离中"　　　　　　　宋祁诗目一　　　　　夜分

"断肠院落"　　　　　　　王令诗目一　　　　　秋居

"淡然春意"　　　　　　　王炎诗目一　　　　　薄薄酒

"桑间落日时"　　　　　　刘敞诗目一　　　　　双树

"岘首碑前留马足"　　　　郑清之诗目一　　　　一岩

"兼金五福"　　　　　　　刘克庄词目一 白头格　惜（西）梅

"赖倩得、东风吹住"③　　晏几道词目一 卷帘格　留春令

"东风且伴蔷薇住"　　　　丘葵诗目一　　　　　春花

---

①"颠"通"癫"，癫狂为精神病名，也指精神病人的狂乱表现。

②候鸟迁徙习性：大雁春天北去，秋天南往，从不失信。

③倩得，请得。东风，文学上借指春。

"为霞尚满天"	杨万里诗目一	小雨
"满院东风"	罗隐诗目一	春居
"谁伴婵娟"	于谦诗目一	问月
"相思两处愁"	罗与之诗目一	秋林
"看与雪霜同"	陈与义诗目一	观雨
"仲夏日中时"	范成大诗目一	重午
"登楼正午时"	晁补之诗目一	上马
"共在西都日"	赵希逢诗目一	暑
"中夜忽涕泗"	李昌祺诗目一 秋千格	哭子
"留取断弦来世续"	清代小说一	再生缘
"乔木空林"	艾青作品一	桥
"九泉涕沾缨"	闻一多作品一	死水
"心到青门东"	冰心作品一	闲情
"日落烟欲横"	冰心作品一	西风
"东风与雨至"	冰心作品一	春水
"轻视如蒿藜"	冰心作品一	小草
"雪中何以赠君别"	陈毅诗目一	青松
"重说已经旬"	外国名著一	十日谈
"今春不减前春恨"	郁达夫作品一 掉头格	故都的秋
"愁恨又依然"	郁达夫作品一 掉头格	故都的秋
"此恨古皆有"	郁达夫作品一 掉头格	故都的秋
"多少恨，今犹昨"	郁达夫作品一 掉头格	故都的秋
"未识新愁"	郁达夫作品一 掉头格	故都的秋

"未识新愁"	现代作家连作品	郁达夫、过去
"还起旧时愁"	现代作家连作品	郁达夫、过去
"恨到归时方始休"	现代作家连作品	郁达夫、离散之前
"向晚多愁思"①	现代作家连作品	郁达夫、落日
"一见秋色"	现代作家冠小说	孤独、郁达夫
"早趁东风"	舒婷诗目一	初春
"不知是谁家放的断了绳"	周树人笔名连作品	焉于、风筝
"把咱们的拿出来，咱们也放放晦气"	周树人笔名冠作品	风筝、令飞
"凄凉到盖棺"	鲁迅作品一	伤逝
"凄断百年身"	鲁迅作品一	伤逝
"不展愁眉欲三十"	鲁迅作品一 粉底格	伤逝（世）
"凄然送将归"	鲁迅作品一	伤逝
"朝欢暮不同"	鲁迅作品一	秋夜
"空此明月色"	鲁迅作品一 秋千格	白光
"高林尽一焚"	鲁迅作品一	火
"淡然相对"	鲁迅作品一	火
"我已北归"	周作人作品一	小河
"男儿重意气"	巴金作品一	灯
"惹起无限羁愁"	巴金作品一	秋
"云无心云也生愁"	巴金作品一	秋

①诗中有"落日卷罗帷"这一特定时间，故剔除"迟暮"一底。

"心上也、愁难讳"	巴金作品一	秋
"旧逐中山来"	巴金作品一	日
"有朋无明月"	巴金作品一	日
"霜落水未落"	巴金作品一	日
"湘水一春平"	巴金作品一	日
"山中旧隐"	巴金作品一	日
"翠微高处"	胡适作品一 秋千格	上山
"欲语泪先垂"	张爱玲作品一	流言
"道之不明也"	许地山作品一 秋千格	暗途
"遗踪何在"①	许地山作品一	落花生
"孤影寄朱方"	吴强小说一	红日
"赵姨娘积蓄些微，早被他弄光了"	何其芳作品一 秋千格	花环
"此物何足贵"	都德作品一	小东西
"轻把木兰相对"	普希金作品一	小花
"秋光不早"	普希金作品一	冬晚
"引离人断肠"	古书名一	楚辞
"泪题锦句"	古书名一	楚辞
"欲语鼻先辛"	古书名一	楚辞
"道声去也泪涟涟"	古书名一	楚辞
"吹笛向何处"	古书名一	山海经
"徂征必有辞"	古文名篇一	出师表

①"落红难缀。晚来雨过，遗踪何在?"承上文扣合。

"由来千种意"	古文名篇一	桃花源记
"思风发于胸臆"	古书连篇目一	诗经、灵台
"不愿垂腰连六印"	《聊斋志异》篇目一	小官人
"不贵公与侯"	《聊斋志异》篇目一	小官人
"虽卿相、不足为荣"	《聊斋志异》篇目一	小官人
"公卿须称少年时"	《聊斋志异》篇目一	小官人
"何须去为吏"	《聊斋志异》篇目一	小官人
"公卿尽虚位"	《聊斋志异》篇目一	小官人
"不顾万乘主,不屈千户侯"	《聊斋志异》篇目一	小官人
"傲慢宰相王侯"	《聊斋志异》篇目一	小官人
"此理非一日"	《聊斋志异》篇目一	王十
"两地疏封"	《聊斋志异》篇目一	王十
"阴阳相配偶"	《聊斋志异》篇目一	王十
"谪仙堕人世"	《聊斋志异》篇目一	李生
"谁是谪仙才"	《聊斋志异》篇目一	李生
"知君思浩然"	《聊斋志异》篇目一	王大
"欲将心事付瑶琴"	小说武功名一 双钩格	弹指神通
"一曲琴声两意投"	小说武功名一	弹指神通

/人 物

"虽言入弦管"	春秋人物一 虾须格	伯乐
"醉昏笑语同"	列人四	干将、高黑、陈音、乐耳
"相看成一笑"	列人二	张仪、乐耳
"欲笑还颦"	列人二	乐耳、苦成
"云间笑语"	列人二	陈音、乐耳
"但笑不复答"	列人二	乐间、陈须无
"笑语曾未及"	列人二	陈须无、乐耳
"欲语已酸辛"	列人二	陈须无、乐耳
"中宵泪满襟"	列人一	子楚
"中夕生悲痛"	列人一	子楚
"凤姐心里更加悲苦"	列人一 卷帘格	楚怀王
"望中地远天阔"	三国人物一	张辽
"纵目天宇廓"	三国人物一	张辽
"何当日千里"	三国人物一 秋千格	马良
"君游东山东复东"	东汉文学家一	陈琳
"孤之过也"	隋末唐初官员一	王度

"生也沙丘，死也沙丘，父老生死系"	宋代名将一 秋千格	焦赞
"四裔尽来王"	泊人二	周通、戴宗
"岁去红颜尽"	泊人二	朱仝、时迁
"红颊近来憔悴尽"	泊人二	朱仝、时迁
"凋此红芳年"	泊人二	花荣、时迁
"梧桐开一路"	泊人二 卷帘格	花荣、安道全
"年华将换"	泊人一	时迁
"吹笛到天明"	泊人一	孔亮
"海棠正妖娆处"	泊人一	花荣
"月吐魄初生"	泊人一	白胜
"赢得头如雪"	泊人一	白胜
"秀色空绝世"	泊人一	王英
"丽春应最胜"	泊人一	王英
"花中第一品"	泊人一	王英
"花中是至尊"	泊人一	王英
"是名花第一"	泊人一	王英
"国色浑无对"	泊人一	王英
"压倒群芳"	泊人一	王英
"莫教弦管作离声"	泊人一	乐和
"开元有道"	泊人一	李云
"生而为英"①	泊人一	石秀

①谜面出自欧阳修《祭石曼卿文》："呜呼曼卿！生而为英，死而为灵。"

谜面	谜目	谜底
"且又缩成扇坠一般"	泊人一	石秀
"更赛过、令威千岁"	泊人一	丁得孙
"三万里、没些风浪"	泊人一 卷帘格	安道全
"贾兰便跟着他母亲站着"	泊人一	李立
"曾呼项羽作竖子"	泊号一	小霸王
"半夜霹雳声"	《封神演义》人物一	雷震子
"一纸乡书来万里"	《水浒传》人物一	张文远
"寄书千里路"	《水浒传》人物一	张文远
"回首望云中"	《水浒传》人物一	陈观
"恼不得要推潇湘妃子为魁了"	《水浒传》人物一 掉头格	林教头
"回首望云中"	《三国演义》人物一	高览
"则递三世可至万世而为君"	《三国演义》人物二	王连、王累
"跬步燕越隔"	《三国演义》人物连判断语	武安国、中
"游来游去不禁君"	《三国演义》人物一 秋千格	王允
"薛姨妈也答应了"	《三国演义》人物一	王允
"丈夫南北东西"	《三国演义》人物别称一 秋千格	周郎
"西日东风见白头"	《红楼梦》人物一	惜(夕)春
"第一休负"	《红楼梦》人物一 梨花格	贾政(甲正)
"夜来何处宿"	《红楼梦》人物一 粉底格	薛蟠(盘)
"九重天子用平人"	《红楼梦》人物一	李二
"凤姐忽然小产了"	《红楼梦》人物二 粉颈格	王仁(人)、坠儿

"五十朝大夫"	《红楼梦》人物一	艾官
"已十八年矣"	《红楼梦》人物一	毕大人
"问东风何事"	《红楼梦》人物一	探春
"酒，何处赊"	《红楼梦》人物一 掉头格	贾探春
"焦尾珍无价"	《红楼梦》人物一	宝琴
"如今的这宁荣两门，也都萧疏了"	《红楼梦》人物一	贾代化
"只说这宁、荣二宅，是最教子有方的"	《红楼梦》人物一	贾代善
"推宝玉入房"	《红楼梦》人物一 粉底格	贾赦（舍）
"宝钗笑道：'姨娘是慈善人。'"	《红楼梦》人物一	王仁
"我们太太真正是个佛心"	《红楼梦》人物一	王仁
"百物皆价穹"	《红楼梦》人物二	钱升、大了
"不许泄漏，只说里头传唤"	《红楼梦》人物二 朱履格	贾芸（假云）、甄士（真事）隐
"对朱颜"	《儒林外史》人物一	双红
"飞入寻常百姓家"	《儒林外史》人物一	别庄燕
"梁间满题咏"	《说唐全传》人物一 卷帘格	宇文成都
"数间茅舍，藏书万卷"	《说唐全传》人物一 卷帘格	宇文成都
"万卷书满堂"	《说唐全传》人物一 卷帘格	宇文成都
"堆钱一百屋"	《说唐全传》人物一 卷帘格	宇文成都
"有书充栋"	《说唐全传》人物一	宇文化及

"探春忙道：'这大嫂子也糊涂了。'"	《隋唐英雄传》人物一	李浑
"探春气方渐平"	《隋唐英雄传》人物一	贾甫顺
"风景还依旧"	农民起义领袖一	陈胜
"尽夜成愁绝"	唐诗人一 掉尾格	白乐天
"自言本是京城女"	唐诗人一	白居易
"解道江南断肠句"	唐诗人一	贺知章
"念子行未归"	唐诗人一	李甘
"惟向禅心得寂寥"	唐诗人一	释处默
"僧居化劫灰"	唐诗人一 粉底格	释处默（没）
"山僧好寂静"	唐诗人一	释处默
"岂知捷径在终南"	唐朝人一 素腰格	安禄（路）山
"得地色不移"	宋代状元一	黄定
"惟愿孩儿愚且鲁"	宋词人一	丁求安
"举头望明月"	宋词人一 下楼格	李清照
"疏窗惟月来闯"	宋词人一 白头格	李（里）清照
"长吉细瘦，通眉，长指爪"	宋词人一	李之仪
"律吕看交会"①	宋词人一	王观
"薛姨妈来看"	宋词人一	王观
"我的奶奶！怎么几日不见，就瘦的这样了?"	宋词人一	秦太虚
"一日行万里"	元代作家一	马致远

———————————

①律吕，也叫十二律吕，借代"十二"。

"放骅骝千里"	元代作家一	马致远
"必先苦其心志，劳其筋骨，饿其体肤，空乏其身，行拂乱其所为"	明代学者一	任大任
"西府二奶奶来了"	明朝诗人一	王达
"帘开最明夜"	清末诗人一 白头格	刘（留、流）光第
"落月满屋梁"	清末诗人一 白头格	刘（流）光第
"一轮明月照华堂"	清末诗人一 白头格	刘（流）光第
"明月窥窗间"	清末诗人一 白头格	刘（流）光第
"中庭月色正清明"	清末诗人一 白头格	刘（流）光第
"临流影自孤"	清代高僧一	大川
"平儿道：'这件事须得姑娘说出来。'"	古文学家一 燕尾格	贾谊
"忧惧得生还"	古画家一	毛延寿
"开元有谪仙"	古画家一	李唐
"儿命已入黄泉"	古哲学家一	老子
"一山放出一山拦"	外哲学家一	阿尔多塞
"明月入我怀"	作家一 掉头格	余光中
"白日落我前，明月随我后"	作家一	余光中
"红颜将洗尽"	作家一	朱自清
"月本无今古"	现代诗人一	光未然
"红笺为无色"	作家冠作品	一封信、朱自清
"玄德负英猛"	潮剧中人一 粉底格	刘永（勇）

079

"骑鲸仙裔"	潮剧中人一	李后
"落日自登楼"	外哲学家一	黑格尔
"明朝尘世"	女革命烈士一	朱凡
"浩然明日归去"	《最美的青春》剧中人物一	孟月
"言之无隐情"	《精武门》人物一	陈真
"真是唐朝第一"	冯梦龙小说人物一	李甲
"真是谪仙一流人物"	冯梦龙小说人物一	李甲
"姮娥意自通"	古龙小说人物一 下楼格	明月心
"匈奴犹未灭"	古龙小说人物一	胡不归
"积财不得用"	古龙小说人物一 掉头格	花无缺
"两三日的用度都够了"	古龙小说人物一	花无缺
"明月复明月"	《笑傲江湖》人物一	白二
"独坐黄昏谁是伴"	动画片《围棋少年》角色一	花面郎
"安石须起"	鲁迅笔下人物一	王胡
"凤丫头的哥哥也不成人"	汪曾祺笔下人物一	王二
"小惠未遍"	莫泊桑笔下人物一 白头格	菲（非）利普
"阴阳割昏晓"	帝王一	尧
"舞鹤傍池边"	帝王一	汤
"首送金乌上碧空"	帝王一	元昊
"争问翁年今几"	帝王一	盘庚
"大家则安个畏惧之心"	帝王一 粉底格	曹髦（毛）
"垂杨翠丝千万缕"	宰相一	柳奭

/ 姓 氏

"复拥旌麾"	百家姓—	邓
"横断江流"	百家姓—	王
"帝皇道难复"	百家姓—	王
"在在犹揭人"	百家姓—	王
"独占西墙"	百家姓—	王
"不枉留春"	百家姓—	王
"初云江上来"	百家姓—	汪
"是如何、儿女消得"	百家姓—	柯
"相思不可见"	百家姓—	柯
"何人竟得闲中趣"	百家姓—	柯
"种木山之阿"	百家姓—	柯
"儿女相思"	百家姓—	柯
"目断雁南飞"	百家姓—	吴
"又送王孙去"	百家姓—	董
"为王孙重来"	百家姓—	董
"和别泪"	百家姓—	洪
"上圣隆西眷"	百家姓—	邓

"犹起潜龙处"	百家姓一	尤
"座上有归人"	百家姓一	庄
"卜邻初识面"	百家姓一	卞
"中夜扫闲门"	百家姓一	李
"松下时一看"	百家姓一	李
"送君唯一曲"	百家姓一	曹
"一日不见君"	百家姓一	尹
"垒土以起榭"	百家姓一	杜
"向桂边偶然"	百家姓一	林
"春事如何"	百家姓一	林
"又见重阳度"	百家姓一	林
"扁舟傥赴相从约"①	百家姓一	郁
"向北来时"	百家姓一	朱
"高卑未相亲"	百家姓一	朱
"遁迹岩阿"	百家姓一	石
"已作隔生侣"	百家姓一	吕
"可比方谁"	百家姓一	丁
"男儿重横行"	百家姓一	于
"尽礼有始终"	百家姓一	尢
"请更以不二"	百家姓一	史
"南山峨峨"	古复姓一 秋千格	高阳

①随，相从。

"白云南山来"   古复姓一   高阳

"来作主人公"   复姓一   东阳

"喜逢新岁来"   复姓一   乐正

"月照孤村三两家"   复姓二 蝇头格   百里、第五

"深院落梅钿"   姓氏三   第五、福、谢

"天移星斗下人间"   常见姓氏一   王

"山深春晚无人赏"   常见姓氏一   王

"离人堂上愁"   稀有姓氏一   尚悉

/ 称 谓

"两仪一开辟"	谦称一	内人
"不顾千金聘"	谦称一	小女
"望郎不为卑"	敬称一	尊夫
"佩环声里"	称谓一	OL
"伊人在千里"	称谓一	妈
"新妇车在后"	称谓一	妻
"重约那人何处"	称谓一	哥
"偶得书尾寄"	称谓一	哥
"正在乱离中"	称谓一	兄
"涕泪为之零"	称谓一	弟
"何由用斤斧"	称谓一	父亲
"千载犹为雄"	称谓一	长男
"千里起足下"	称谓一	长子
"也应无计避征徭"	称谓一	逃课生
"将春归去"	称谓一	酒鬼
"赠内人"	称谓一	遗妻
"一品与千金"	称谓一 下楼格	女长官
"他年重到"	称谓一 徐妃格	妹妹

"明日重看"	称谓一 徐妃格	妹妹
"他日再相逢"	称谓一 徐妃格	妹妹
"包乎天地之外"	称谓一	保人
"三十年来往"	称谓一	世交
"重对玉堂人"	称谓一	伯伯
"参差玉峰前"	称谓一	山主
"岂乏南飞雁"	称谓一	山人
"江左无英雄"	称谓一	木工
"是时李白放江边"	称谓一	木工
"舍北江东"	称谓一	工人
"江山为君好"	称谓一	国王
"况是经年万里行"	称谓一	女排长
"伫立超遥"	称谓一	站长
"一面还千里"	称谓一	会长
"勿漏泄锦绷儿"	称谓一	保安
"女子之嫁也，母命之"	称谓二 掉头格	令堂、作家
"衰年因羁旅"	称谓二	老外、行长
"花中应是卫庄姜"	称谓二	美女、诗人
"见凤姐出声，都忙 忙接声嚎哭"	影视界称谓二	男一号、女 一号
"驱马去悠悠"	行政称谓一	区长
"驱马去悠悠"	航空称谓一	乘务长
"云随雁字长"	宗教称谓一	道人

"童年且未学"	部队称谓一	师长
"莫不悲噭痛哭者"	部队称谓一	伤号
"君子万年"	部队称谓一	军长
"从师岁月深"	学校称谓一	学长
"五色小蜻蜓"	学校称谓一	班干
"与君坐阶除"	泛称谓一	上级
"游子已登途"	泛称谓一	外行人
"百年交一臂"	泛称谓一	老手
"长是人千里"	泛称谓一	老外
"为客岁年长"	泛称谓一	老外
"离家值白头"	泛称谓一	老外
"百年多异乡"	泛称谓一	老外
"雄立东方"	泛称谓一	男主人
"泛棹向山阴"	泛称谓一 下楼格	北漂族
"不知裹足从何起"	泛称谓一 蕉心格	凡夫俗子
"不识车马喧"	泛称谓一 掉头格	陌生人
"苍苍贯四时"	泛称谓一	青年
"贾存周报升郎中任"	泛称谓一	政务官
"就阳之位"	泛称谓一	处男
"见凤姐已经停床"	泛称谓一 脱靴格	王老五
"犹自多情"	昵称一	小可爱
"自是意中人"	昵称一	小可爱
"故人来邀"	昵称一 秋千格	小鬼

"眼前官职"	贬称谓一	耳目
"高堂从别后"	贬称谓一	小人
"风于天地间"	文学称谓一	诗人
"夫子生东野"	文学并称一	孔孟
"醒来明月"	文学并称一	苏白
"断肠院落"	文学称谓一	悲剧（作）家
"笑傲五侯中"	古称谓一	小伯
"天虽不可问"	古称谓一	门丁
"借问为谁开"	古称谓一	探花
"你袭人姐姐那里去了?"	古称谓一	探花
"问起袭人来由"	古称谓一	探花
"帝出于震"	古称谓一	东王
"二爷穿上罢"	古称谓一	牙卫
"蓬莱方丈"	古官名一	山吏
"閟宫惟远"	古官名一	庙长

/ 地 名

"前村昨夜漏春光"	国家一	乍得
"日隐群峰攒"	国家一	黑山
"暮色遍高岑"	国家一	黑山
"看九华终日"	国家一 秋千格	黑山
"不知诸祖后"	国家一 秋千格	印度
"晨会雨濛濛"	国家二 脱靴格	朝鲜、日本
"不因俊俏难为友"	国家简称连活动	美、外交
"花骢会意"	首都一	马累
"万骑云屯"	首都一	马累
"吾视其辙乱，望其旗靡，故逐之。"	首都一	明斯克
"秋一声"	世界著名建筑一	白宫
"铎韵拟鸾声"	外国高校简称一	UOL①
"客有衡岳隐"	省名一 掉头格	山西省
"匈奴尽奔逃"	省名一 白头格	湖（胡）北
"扣船不得寐"	城市一 粉底格	苏州（舟）
"达于汉阴"	城市一 秋千格	南通

---

①英国伦敦大学（University of London）简称 UOL。

"离宫天子都"　　　　　城市一　　　　　　　　　南京

"翠巘中间白水边"　　　城市一　　　　　　　　　青岛

"蓬莱东接"　　　　　　城市一　秋千格　　　　　青岛

"清风吹不起半点漪沦"　浙江地名一　　　　　　　宁波

"此理非一日"　　　　　山西地名一　　　　　　　长治

"浮屠似玉笋"　　　　　广东市名一　　　　　　　佛山

"迢迢不断如春水"　　　广东市名一　　　　　　　清远

"一点秋波"　　　　　　行政区域名一　　　　　　省

"起折相思树"　　　　　广西行政区域一　　　　　田林

"早上五盘岭"　　　　　广东区域一　徐妃格　　　潮汕

"有阿比之意"　　　　　中国名山一　秋千格　　　衡山

"月出东陵峰"　　　　　山脉一　　　　　　　　　阴山

"独立云之际"　　　　　山脉一　　　　　　　　　天山

"或终夜不寝时"　　　　中国河流一　掉尾格　　　乌苏里

"万象为宾客"　　　　　古都一　秋千格　　　　　西都

"元首唯康哉"　　　　　古都一　　　　　　　　　长安

"高峰招以手"　　　　　海南省地名一　　　　　　五指山

"独行村落更相思"　　　鲁迅小说地名一　　　　　未庄

"千里不能隔"　　　　　俱乐部机构简称一　　　　马会

/医　学

"馨香盈怀袖"	西药名一　白头格	易（溢）服芬
"胜负既分"	西药名一	和定
"不拟重逢"	中药名一	一见消
"冬至阳生春又来"	中药名一	黑果
"翠色黏天"	中药名一	空青
"春事成虚"	中药名一　秋千格	空青
"日出正东峰"	中药名一	山柳
"应是发南枝"	中药名一	梅露
"少亦苦"	中药名一	细辛
"两朱阁"	中药名一	重楼
"持斧断其根"	中药名一	刀伤木
"乘春持斧斫"	中药名一　上楼格	刀伤木
"男有分"①	中药名一　秋千格	参丁
"送君归去"	中药名一	王不留行
"夜中不能寐"	中药名一　秋千格	苏子

---

①谜面出自《礼记·礼运》。谜面意思：男人有职分。有分，谓参与某事。

"故交泉下多"	中药名一 徐妃格	硼砂
"旧雨不来"	中药名一 徐妃格	硼砂
"故交绝"	中药名一 徐妃格	硼砂
"故交百不一存"	中药名一 徐妃格	硼砂
"故人形影灭"	中药名一 徐妃格	硼砂
"故交索将尽"	中药名一 徐妃格	硼砂
"约住飞花"	中药名一	化药
"十人中已九凋零"	中药名一	独活
"洛水流东"	中药名一 掉尾格	川木通
"月暗钱塘"	中药名一	川乌
"天人本共知"	中药名一	生地
"袭人心里又着急起来"	中药名一 粉底格	花椒（焦）
"不见故乡春"	中药名二	生地、空青
"华发改朱颜"	中药名二	白及、丹皮
"故下封枝雪"①	中药名二	白降、梅露
"古来投笔尽封侯"	中药名三（该谜语志在首中）	白前、文无、升登
"暮雪止复落"	中药名三	夜合、白降、续断
"零落成泥碾作尘"	治胃病药一	陈香露

---

①"天憎梅浪发，故下封枝雪。"承上句扣合，以"白/降梅露"吻合其神韵。降，贬抑。

谜面	谜目	谜底
"芬芳可与言"	治胃病药一	陈香露
"引教日日放翁来"	中成药一 粉底格	二天油（游）
"春树郁金红"	中草药一 掉尾格	青花木
"凭春约住梅和柳"	中草药一	青花木
"我生自幼识艰难"	中草药连别名 掉头格	及己、细辛
"秋与云平"	穴位一	二白
"万缕千条拂玉塘"	穴位一	风池
"飘飘带雨来"	穴位一 燕尾格	风池
"扇摇波影"	穴位一 燕尾格	风池
"宿雨轻飘洒"	穴位一 燕尾格	风池
"置酒后宫"	穴位一 秋千格	商曲
"未尝营货贝"	穴位一	少商
"惟公和寡"	穴位一	少阳
"三才欲通贯"	穴位一	人中
"风翻白浪花千片"	穴位二	水突、飞扬
"溪雨急，浪花舞"	穴位三	水道、水突、飞扬
"天地入胸臆"	穴位三	阳交、阴交、人中
"江南旧雨"	经穴名一	阴交
"歌管酬寒食"	经穴别名一	曲节
"不见一匈奴"	人体名词一	胡子

"相思只在相留处"	人体名词一	瘤
"从来纳履处"	人体名词一 掉头格	足跟部
"如何一种味"	人体部位一	口
"清时有味"	人体部位一	口
"独有同高唱"	人体部位一	口
"不复中画直"	人体部位一	口
"到此空思吴隐之"	人体部位一	口
"梧桐相待老"	人体部位一	目
"初约看花花已尽"	人体部位一	目
"河中两尾鱼"	人体部位一	目
"玉堂百日罢"	人体部位一	目
"明日尊前无觅处"	人体部位一	肘
"尊前花月"	人体部位一	肘
"十分圆月"	人体部位一	肘
"三旬将欲移"	人体部位一	胆
"百动俱休息"	人体部位一	心
"相从恨不早"	人体部位一	眼
"收拾白日莫苦早"	人体部位一	舌
"说无生话"	人体部位一	舌
"前仰后合起来"	人体部位一	舌
"九重注想"	人体部位二	心、目
"山山唯落晖"	中医名词一	阳脉

"绝顶试穷千里目"	医学名词一	高度远视
"落月满屋梁"	医学名词一 掉尾格	光室位
"帘开最明夜"	医学名词一 掉尾格	光室位
"正明月、屋梁坠"	医学名词一 掉尾格	光室位
"一轮明月照华堂"	医学名词一 掉尾格	光室位
"明月窥窗间"	医学名词一 掉尾格	光室位
"中庭月色正清明"	医学名词一 掉尾格	光室位
"白月纷纷照屋梁"	医学名词一 掉尾格	光室位
"太阳照在屋子里呢"	医学名词一 掉尾格	光室位
"清韵遥转舟楫事"	医学名词一	XY
"心内便想向上攀高，每每要在宝玉前现弄现弄"	医学名词一 白头格	淋（林）巴结
"家贫幸有酒"	季节性生理现象 秋千格	春困
"去也匆匆"	病症一	过敏
"宝玉见她才有汗意"	病症一 上楼格	出水花
"玉堂挂珠帘"	病名一	白丁
"冰霜正惨凄"	病名一	伤寒
"连山复秋色"	病名一 秋千格	白脉
"叹息泪盈襟"	病名一 秋千格	流感
"临水一太息"	病名一	流感
"积土成山"	病名一 燕尾格	风湿
"扇摇波影"	病名一 燕尾格	风湿

"宿雨轻飘洒"	病名一 燕尾格	风湿
"万里付双目"	病名一	远视眼
"俯仰变凉温"	病名一	登革热
"骤来寒气增"	病名一	登革热
"剪烛西窗少个人"	病名一	火中
"鸡唱晚"	病名一	夜啼
"所以满腔心事，只是说不出来"	病名一	白内障
"何须浅碧深红色"	病名简称一	甲流

/ 商 业

"更有祥光临照"	全国连锁店一	好客来
"胭脂满地"	地方小吃一	通粉
"有谁能为寄"	物流器具一	托盘
"孤帆冒雨行"	工业零配件一	水帽
"未得樽前一开口"	家具原材料一	杏木
"偶然乘兴"	饮料名一	非常可乐
"偶尔事幸成"	饮料名一	非常可乐
"舟中闻双琵琶"	饮料名一	水动乐
"咽泪装欢"	饮料名一	水动乐
"泉响似鸣琴"	饮料名一	水动乐
"三时有雪花"①	茶类名一	秋茶
"一任东生西委"	餐具一	钵
"客至具鸡黍"	餐饮名词一	西餐
"却是同衾不得知"	餐饮名词一	生食
"岳将军泪"	菜品工序一	飞水
"照水相因依"	调味品一	油

---

①雪花，名茶名。"雪花、雨脚，谓茶也。"

"西湖旧日"	调味品一	油
"磻溪八十犹垂钓"	调味品一	老姜
"雨后游园"	饮品一	酒
"举杯向明月"	饮品一 秋千格	白酒
"初试霓裳"	白酒名一	头曲
"净秋空"	古代酒名一	三白
"秋空明月悬"	古代酒名一	三白
"悟上还重悟"	古代酒名一	三白
"鬓发已苍然"	市招一	去黑头
"须发已华皓"	市招一	去黑头
"须鬓已垂霜"	市招一	去黑头
"红颜称绝代"	市招一	美甲
"国色浑无对"	市招一	美甲
"压倒群芳"	市招一	美甲
"由来一气耳"	市招一	烟
"端午临中夏"	香烟名一	555
"寰宇静波澜"	香烟名一	和天下
"更莲池、雨过珠零乱"	日常卫生用品一	花露水
"海棠半含朝雨"	日常卫生用品一	花露水
"红湿海棠雨"①	日常卫生用品一	花露水
"只见袭人在那里擦泪"	日常卫生用品一	花露水

---

①此为双扣谜。

谜面	谜目	谜底
"独眠人起合欢床"	床上用品一	被单
"清早披衣起"	床上用品一	被
"不向桂边归"	生活用品一	杯
"不纳意如何"	生活用品一	杯
"不许春知"	生活用品一	杯
"同盟后、归于好"	生活用品一	盂
"除非我出了这牢坑，离了这些人，才依你"	生活用品一 掉尾格	智能钟表
"流血川原丹"	财务用品一	红印泥
"其位居春"	文娱用具一	棋
"多谢句芒"	民间工艺品一 秋千格	木雕
"多应为你"	家电品牌一	海尔
"银河吹笙"	家用电器二	空调、音响
"箫韶不可闻"	家用电器一	空调
"笙箫无复闻"	家用电器一	空调
"朱丝绝有年"	家用电器一	空调
"一寸光阴不可轻"	电器配件一 掉头格	定时器
"与问坐中人"	车辆配件一 秋千格	牙盘
"初日照梧桐"	手机品牌一 秋千格	荣耀
"未得三尺长"	手机品牌一	小米
"三旬将欲移"	奶粉品牌一	明一
"春色到酴醾"	瓷器品种一	青花
"一笑且开筵"	食物一 掉尾格	快餐面

"留待故人食"①   食物一   鱼饺

"故人具鸡黍"   食物一   肉饺

"但有故人供禄米"   食物一   饺

"雪高三尺厚"   食物一   白米

①"昔尝得圆鲫,留待故人食。"承上句扣合。

/ 生 物

"东风且伴蔷薇住"	花卉一	迎春花
"天公为下曼陀雨"①	花卉一	角花
"何当寄相思"	花卉一	荷
"风流美貌世间无"	花卉一 上楼格	独丽花
"花也应悲"	花卉别名一	秋英
"谁家没风流事"	花卉别名一	及第花
"莫若袭人第一"	花卉别名一 掉头格	指甲花
"与君相后先"	植物一	杏
"从兹始免征云南"	植物一	兰
"一样春归"	树名一	桐
"天寒一雁飞"	动物一	犬
"白云长掩关"	动物一	犬
"莫放双鸥起"	动物一	鸡
"醒时空对烛花红"	动物一	星虫
"飞鸟厌其羽"	动物一	羊
"马头虽去无千里"	动物一	虫

①"天公"别解为东汉张角。"曼陀雨",指曼陀罗花,此花在印度被视为神圣之花,特培植寺院中。

"区区奔走劳驱驰"	动物一	马
"并禽飞上金沙"	动物一	鸿
"马头皓月"	动物一 秋千格	白蛇
"心怀南向意"	动物别称一	火离
"区区四十年"	动物别称一	"小强"
"送了秋归去"	仓鼠品种一 秋千格	冬白
"半被堆床"	昆虫一	皮杜
"秋光向晚"	古名马一 卷帘格	照夜白
"应如昼日明"	古名马一	照夜白
"卉萼人未识"	农作物一	花生
"袭人不知何事"	农作物一	花生
"不尽相思意"	农作物一	长豆
"但愿生儿愚且鲁"	农作物一	柑子
"无意苦争春"	农作物一	柑
"天下之大本也"	单字树名一	杝
"明日又逢春"	水果一	木果
"明日又前村"	水果一	木果
"惆怅东栏一株雪"	水果一	秋梨
"太真一去不复返"	水果一 粉底格	杨梅（没）
"与君共作骑鲸客"	水果一	李子

/ 天文历法

"夜已三更"	天文学名词一	黑子
"那时元夜"	天文学名词一 秋千格	黑子
"十一月中长至夜"	天文学名词一	黑子
"树杪参旗"	天文学名词一	木星
"气卷万山来"	天文学名词一 卷帘格	脉冲风
"日落烟欲横"	天文学名词一	西风带
"腊从今日尽"	天文学名词一 秋千格	光年
"西向望牵牛"	天文学名词一	金星
"玄象斯格"	天文学名词一	北斗
"谁知林栖者"	气象学名词一	台风
"日落烟欲横"	气象学名词一	黑风
"生年生日同时"	天文现象一	月食
"为君将入江南去"	天气现象一	阴天
"波荡摇春光"	2019年台风名一 秋千格	夏浪
"晓来雨过"	天气预报一句	明天晴
"草盛豆苗稀"	节气一	芒种
"道可道"	节气一	白露①

---

①露，通"路"，道路。

"银袍齐脱"	节气一	白露
"被玉钏儿吵出"	节气一	白露
"犹解嫁东风"	节气一 秋千格	春分
"忧患凋零"	节气一	秋分
"飘飘满天地"	节气一	大雪
"一似梨花离了枝"①	节气一	大雪
"东风著意"	节气一	立春
"春夏归兮秋亦迁"	节气一	冬至
"西风飒然起"	节气一	立秋
"春去此愁还在"	节气二	夏至、立秋
"更伤春月过"	节气二	夏至、立秋
"入酒即消融"	节气二	立春、秋分
"愁肠待酒舒"	节气二	立春、秋分
"仗酒祓清愁"	节气二	立春、秋分
"清愁付，绿酒杯中"	节气二	立春、秋分
"赖有清樽慰此心"	节气二	立春、秋分
"赖有清尊浇别恨"	节气二	立春、秋分
"长恨离亭"	节气二 脱靴格	秋分、处暑
"送了秋归去"	节气二	白露、冬至
"别愁驱入酒杯中"	节气二	秋分、立春
"金桂这一惊不小"	节气二 脱帽格	立夏、大寒

---

① 谜面出自潮剧《蓝关雪》唱词："满天瑞雪纷纷下，一似梨花离了枝。"

"相知不须早"	时间名词—	明晚
"百巧换千穷"	时间名词—	三号
"云随雁字长"	时间名词— 蜻尾格	白天
"雪色混青冥"	时间名词—	白天
"日中月已升"	时间名词—	午夜
"惆怅不敢前"	时间名词—	秋后
"依旧赏新晴"	时间名词—	三月
"春半曾无十日晴"①	时间名词—	二月
"三旬增一阳爻"	时间名词—	二月
"早晚不可辍"	时间名词— 秋千格	亭②午
"念君在中年"	时间名词— 双钩格	六月廿日
"就中决银河"	时间名词—	半天
"与子相遇来"	时间名词— 上楼格	一会儿
"人在东风里"	时间名词—	三日
"种来三十春"	时间名词—	后世
"向梦里销春，酒中延昼"	时间别称—	日夕
"不放玉花飞堕地，留在广寒宫阙"	时间别称—	雪月
"日暮送夫君"	时间别称—	夕食
"我年日摧颓"	时间别称—	余月
"为君那得不伤悲"	时间别称—	上秋

①春半，别解为"二月"。
②亭，同"停"，停止。

"一夜北风紧"	时间别称一	暮冬
"平明日出东南地"	皇历名词一	小月
"明日花更开"	皇历名词一	午月
"记年时、今日清明"	皇历名词一	午月
"己欲立而立人"	时间用语一 双钩格	三十余年
"姮娥意自通"	时间用语一 秋千格	本月
"正见野人归"	时间用语一	一月内
"千载谁重到"	时间用语一	二日
"人独立东风"	时间用语一	二日
"结发为君妻"	时间用语一	十五年后
"酒尽已四鼓"	皇历用语一 双钩格	丑时春分
"昨宵白露下"	4字皇历用语一	今日秋分
"鸡鸣东方曙"	4字皇历用语一	丑时白露
"旧年犹昨宵"	4字皇历用语一	今日立春
"何时过北牖"	4字皇历用语一	今日立秋
"一夜换却西风"	4字皇历用语一	今日立秋
"等到三更尽后，月色分外光明"	4字皇历用语一	丑时白露
"浓云连晦朔"	4字历法用语一	阴历二月
"东邻西舍无相侵"	民俗节日一	中元①
"春夏秋冬捻指间"	民俗节日一	小年
"正在人愁处"	民俗节日一 秋千格	中秋

①元犹原也。——《春秋繁露·垂政》

105

"正是愁时候"	民俗节日一 秋千格	中秋
"明日贺新正"	民俗节日一 秋千格	端阳
"上元应送酒"	民俗节日一	春节
"入酒即消融"	民俗节日二	春节、中秋
"仗酒祓清愁"	民俗节日二	春节、中秋
"须借酒三行"	民俗节日一	人日
"困穷变操守"	民俗节日一	寒食节
"闭户了冬至"	佛教节日一	关门节
"满城风雨，催送重阳"	少数民族节日一	泼水节
"载将离恨归去"	历法名词一 卷帘格	辛未年
"东风还又"	历法名词一	双春
"又是重阳近也"	历法名词一（猜中此谜靠提示）	地支
"只抵春宵一梦长"	地支一	未
"前去别马上"	地支一	丑
"章台春老"	地支一	卯
"醉归去"	地支一	酉
"晨会雨濛濛"	地支一	辰
"云衲山中来"	天干一	甲
"霓裳袖忽翻"	天干一	甲
"雁行斜上云"	天干一	壬
"处士后无人"	天干一	壬
"佳节重阳近"	天干一	壬

"新月上西城"　　　　　天干一　　　　　　壬

"不许灯红"　　　　　　天干一　　　　　　丁

"正延伫"　　　　　　　天干一　　　　　　辛

"独坐黄昏谁是伴"　　　天干一　　　　　　戊

"念腰间箭，匣中剑"　　干支纪年一　　　　甲子

"直须日观三更后"　　　干支纪年一　　　　甲子

"宁昧始终计"　　　　　干支纪年一　　　　丁未

"重逢改旧颜"　　　　　干支纪年一　　　　甲申

"一灯明灭酒醒时"　　　干支纪年一　　　　丁酉

"还看稀星数点"　　　　公元纪年一　　　　2020

"轮重对月满"　　　　　公元纪年一　　　　2020

"美人争探春"　　　　　年龄别称一　粉底格　花甲（贾）

"秀色空绝世"　　　　　年龄别称一　　　　花甲

"国色浑无对"　　　　　年龄别称一　　　　花甲

"压倒群芳"　　　　　　年龄别称一　　　　花甲

"多是横戈马上行"　　　年龄别称一　　　　总角

/ 影视歌曲

"归路夕阳收"	警匪剧一	反黑
"狼烟夜举"	电视剧一	暗战
"庭有牡丹开"	电视剧一	富贵门
"门前虽有径，绝向世间行"	电视剧二	安家、了凡
"两仪一开辟"	电影名一	阴阳界
"门系钓鱼船"	电影名一	水上人家
"且教红粉相扶"	电影名一	美姐
"遣黄耳、随君去"	电影名一	犬王
"人间万姓仰头看"	外国电影连称谓	月出、观众
"苍苍白发对红妆"	黄梅戏一	老少配
"被玉龙、吹散幽香"	京剧一	雪花飘
"中散欲弹琴"	古舞曲名一	康乐
"南行泪几行"	电视剧插曲一 秋千格	流火
"烽火一把，常送平安耗"	歌曲一	有点难过
"休唱《阳关》"	歌曲一	结束曲
"郁郁何所为"	歌曲一	秋问
"黛蛾长敛，任是春风吹不展"	歌曲一 下楼格	枉凝眉
"面苍然"	歌曲一	表白

"三旬将欲移"	歌曲一	月光
"赤山北"	歌曲一	光阴
"九霄降雨露"	歌曲一	天路
"为言化菩萨"	歌曲名一 秋千格	佛说
"入我门来一笑逢"	歌曲一	佛说

/ 灯 谜

"宁无一个是男儿"	通假字一	熊通雄
"四裔尽来王"	通假字一	周通调
"心悲安可论"	通假字一	说通悦
"谈笑间"	通假字一	说同悦
"相与共笑言"	通假字一	说同悦
"偕来笑语喧"	通假字一 掉头格	说同悦
"直到天头天尽处"	通假字一	光通广
"清吐万里辉"	通假字一	光通广
"共月踰千里"	通假字一	光通广
"无处无清照"	通假字一	光通广
"此情谁得知"①	通假字一 卷帘格	生通性
"此道须君至"②	形近字一	日近日
"见说道如今"	形近字一	日近日
"不晓意所欣"	灯谜名词一	谜台
"白昼若逢雾"	灯谜名词一	谜目
"遗踪何在"	灯谜名词一	脚趾动谜

①情，性也。——《吕氏春秋·上德》
②君，借代"日"。日，古代帝王象征。

"绝足势未知"	灯谜名词一	脚趾动谜
"谁知志士心"	灯谜名词一 上楼格	离合字谜
"归来期著书"	谜格一	回文
"归来作此辞"	谜格一	回文
"生哀百十载"	谜格一	秋千
"不知其旨也"	灯谜种类一	会意谜
"单于秋色来"	隐目	姓氏、白
"北山愚公者"	隐目	复姓、孙阳
"风池明月水"	隐目	穴位、浮白
"高山共苍苍"	隐目	民族、白族
"几度试拈心字"	游目（此谜有点容易猜）	巩
"不向山僧说姓名"	游目	释处默
"字字事有因"	游目	课
"书空闲度日"	游目	易经、春秋
"大雅无忧怨"	游目	假①乐
"正愁恨时节"	游目	中秋
"不知是哪一个行当上的"	游目	生
"任意东西"	谜目一	用物
"云头从北来"	谜目一	泊人
"偶遇耕田夫"	谜目一 卷帘格	人种二
"十日九风雨"	谜目一	天干一

①假，当。假今之世。——《荀子》

"樱桃九熟"	谜目一	生果一
"杜康仪狄"	谜目一	酒名二
"白日参辰现"	谜目一	明星三
"买酒成孤酌"	离合字一	全一人干
"索酒无同饮"	离合字一	全一人干
"有酒不共醅"	离合字一	全一人干
"有酒对自倾"	离合字一	一人全干
"留取四时春好"	离合字一	十二月青
"今年逐春处"	离合字一	十二月青
"子规言语"	离合字一	鸟口鸣
"黄鹂犹自声声"	离合字一	鸟口鸣
"凭鹊传音"	离合字一	鸟口鸣
"忧从中来，不可断绝"	离合字一	怅心长
"依依甚意绪"	离合字一	心亦恋
"复见窗户明"	离合字一	门口问
"人家在何许"	离合字一 掉头格	门口问
"此意自领会"	离合字一	吾心悟
"往事后期空记省"	离合字一	今心念
"此意殊郁郁"	离合字一	心尤忧
"出口人皆信"	离合字一	言成诚
"乾坤扫阴霾"	离合字一	日月明
"人去无回期"	离合字一	走之不还
"聚笑发丹唇"	离合字一	赤口哧

"白云随我杖"	离合字一	语言吾
"最喜在内帏厮混"	离合字一	好女子
"岁晚江空"	离合字一	十二月水清
"赵姨娘这样混帐的东西，留的种子也是这混帐的"	离合字一	一坏环
"我贾家何至一败如此！"	离合字一	府内人腐
"然一个在潇湘馆临风洒泪"	离合字一	林水淋
"反教娘生气妹妹烦恼，真连个畜生也不如了"	离合字一	薛子孽
"贾母因舍不得湘云"	离合字一	史便二人
"波澄微绿"	中分离合字一	水清青
"充腹此羹稀"	中分离合字一	欠饮食
"却喜西风来"	中分离合字一	心愁秋
"相思从此始"	中分离合字一	心念今
"鱼尽酒亦尽"	中分离合字一	欠饮食
"长吁把灯吹灭"	中分离合字一	息熄火
"是以从萧相"	中分离合字一	可何人
"唯忧无酒材"	离合字二	心中忡、欠饮食
"贾琏只顾贪图二姐美色"	离合字二	心相①想、尤人优
"贾天祥正照风月鉴"	离合字二	现见王、心生性

---

①相，动作偏指一方。

113

谜面	谜目	谜底
"黛玉便一把撕了，令人烧去"	离合字二	手扯止、林火焚
"空备了接场的酒饭"	离合字二	饮食欠、众人从
"飞雨来若注"	方位字一	天下大
"脱尽利名缰锁"	方位字一	天下大
"邻鸡先觉"	方位字一	醒前酉
"人倦如何度"	方位字一	困中木
"迟种门前杨柳"	方位字一	闲中木
"陪君好语"	方位字一	皇上白
"此君欲语"	方位字一	皇上白
"停船暂借问"	方位字一	盘舟上
"皇天久不雨"	方位字一 下楼格	早上日
"长安应在夕阳边"	方位字一 脱靴格	都日西南
"兵戈幸休息"	方位字一	武中止
"兴未已"	方位字一	趣中耳
"此间无限兴"	方位字一	趣中耳
"身犹是客"	方位字一	人体西
"谢郎著帽"	方位字一	安上宝盖头（六）
"观音未有世家传"	方位字一	佛弗后
"怡然有馀欢"	方位字二 蕉心格	心愉前，悦后兑

114

"逢僧一解颜"	方位字二 卷帘格	哈后合、会人上
"图得见时说"	离合音字一	期遇趣
"饮水必清源"	离合音字一	喝未秽
"京洛同逃酒"	离合音字一	喝畏会①
"相逢欲沾醉"	离合音字一 卷帘格	喝为会
"要与郎相顾"	离合音字一	妻欲觑
"日斜汤沐罢"	离合音字一	夕已洗
"断魂郎未知"	离合音字一	妻一凄
"慵斟酒，诉离情"	离合音字一	喝乌安欢
"此时想也快天亮了，到底要歇息歇息才是"	离合音字一	思暗散
"金桂因一夜不曾睡着，也想不出一个法子来"	离合音字二	斯乌苏、思未遂
"当下已是起更时分，大家各自归房安歇"	离合音字二	斯暗散、悉悠休
"愁与西风应有约"	反离合音字一	秋期忧
"非寒之谓"	叱字一	心无怕白
"凤姐便命摆上酒馔来，夫妻对坐"	叱字一	王连琏食
"入江山画图"	双龙戏珠	美、国家、中
"鸡鸣外欲曙"	双龙戏珠	丑、行当、旦
"平明马无迹"	双龙戏珠	旦、行当、净

①会，都会，指一个地区的政治、经济中心。

"国国愿来宾"	双龙戏珠	西、方向、东
"山倾海乃深"	双龙戏珠	西、方向、东
"归来旧处"	探骊	作家、老舍
"鸡鸣亦动舟"	探骊	行当、丑
"笑把离骚独自倾"	探骊	陶诗、饮酒其一
"齐梁作者无"	探骊	书法、留白
"冬至阳生春又来"	探骊	节日、过年
"扁舟无定处"	探骊	泊人、时迁
"言传故人讣"	探骊	字、讣①
"好笔得柳生"	探骊	书、《聊斋志异》
"落笔笑谈间"	探骊	书、音乐
"题遍伤心句"	探骊	书、楚辞
"添写断肠句"	探骊	书、楚辞
"写入残编总断肠"	探骊	书、楚辞
"不知跬步间"	探骊	行当、小生
"步步承罗袜"	探骊	行当、净脚
"绝足势未知"	探骊	行当、生
"出嫁五侯家"	探骊	字、男
"归意已无多"	探骊	字、少
"孤达鄙荣迁"	探骊	单位、小升

①讣，本义报丧。通告某人逝世的消息。

"风流美貌世间无"	探骊	花、指甲花
"贾二舍偷娶尤二姐"	探骊	作家、王蒙
"风雨兴焉"	探骊	诗、扬之水
"嬉嬉顾妻孥"	反探骊	家、小说
"取笑欢妻子"	反探骊	家、小说
"妻子呵呵"	反探骊	家、小说
"与君结新婚"	反探骊	王蒙、作家
"不知诸祖后"	花色灯谜一	印章谜

/其 他

谜面	谜目	谜底
"约为婚姻"	古婚礼俗—	省亲
"千里犹回首"	古婚礼俗—	反马
"传厄欣得朋"	古婚礼俗— 卷帘格	交杯酒
"一为莽下趋"	农村公共用物—	井
"延桂同盟，索梅为友"	民俗活动—	花会
"伤心故人去后"	人事活动—	走亲戚
"莫要相逢好"	人事活动—	约会
"不拟重逢"	人事活动—	约会
"只望花柳色"	日常人事—	看病
"非关取雷雨"	日常人事— 掉头格	打开水
"翠微高处"	象棋棋子—	卒
"醉归去"	象棋棋子—	卒
"有时醉坠"	象棋棋子—	卒
"四舍米"①	麻将牌—	六万
"锦帆东去不归日"	纪念物—	金币

---

①四舍折算为六万米。

谜作选二

丞相

谜目：《红楼梦》词一句

谜底：天下无能第一

解析：丞相，一人之下，他不可能为第一，而踏底：天下/无能第一。

大人物

谜目：《三国演义》人物一

谜格：白头格

谜底：关羽

解析：大人物，汉语词语，意思是指有地位有名望的人。"大人"别解为"官"；"物"借代"羽"。五音"宫商角徵羽"分别对应"君臣民事物"。谜底按格谐音为"官羽"扣合谜面。

六尺舆

谜目：交通用语一

谜底：上车

解析：六尺舆，指帝王所乘的车。"帝王"扣"上"，踏底：上车。

江城子

谜目：河流一

谜底：汉水

解析：江城子，词牌名。武汉，简称"汉"，别称江城。子在五行上属水，合底：汉水。

阮郎归

谜目：称谓一

谜底：夫侄

解析：谜面为词牌名。阮，侄的代称。阮籍与侄阮咸并有盛名，世称"大小阮"。后用"小阮"作侄的代称，省称"阮"。郎，会意扣"夫"；"归"，返回，暗示将"侄夫"反过来读，从而省略了秋千格。

石尤风

谜目：《岳阳楼记》一句

谜底：商旅不行

解析：传说古代有商人尤某娶石氏女，情好甚笃。尤远行不归，石思念成疾，临死叹曰："吾恨不能阻其行，以至于此。今凡有商旅远行，吾当作大风为天下妇人阻之。"根据要阻止商旅远行的典意，踏底：商旅不行。

烽火台

谜目：列人一

谜底：斗成然

解析：烽火台，古时用于点燃烟火传递重要消息的高台，是古代重要军事防御设施，是为防止敌人入侵而建的，遇有敌情发生，则白天施烟，夜间点火，台台相连，传递消息。谜底以战斗时即点燃而踏底：斗成然。然，本义燃烧。

甲申事变

谜目：时间用语一

谜底：清明之交

解析：甲申事变，"甲申"就是中国明末甲申年（1644 年），指崇祯十七年，李自成攻入明朝都城北京，明朝灭亡，随后清军入关的历史事件。谜底以清朝与明朝的交接，而缩底为：清、明之交。

叫苦不迭

谜目：美国城市一

谜格：卷帘格

谜底：辛辛那提

解析：叫苦不迭，形容连声叫苦。不迭：不停止。谜面"叫"扣出"提"，"苦"扣出"辛"，"不迭"再叫出另一"辛"，虚着一"那"字，以"提那辛辛"扣合谜面。

平分秋色

谜目：口语一

谜格：秋千格

谜底：白等

解析：平分秋色，汉语成语，比喻双方各得一半，不分高低，表示平局。扣合上，"平分"会意扣"等"，"秋色"在五色上借代"白"。谜底按格调为"等白"扣合谜面。

麻秆打狼

谜目：年龄别称一

谜底：二毛

解析：麻秆打狼——两头害怕，是一句歇后语。意思是人拿着麻秆当武器，害怕麻秆对狼造不成伤害，而狼看见人拿着麻秆，害怕麻秆对它造成伤害，所以说两头都害怕。踏底：二毛。

潘岳《秋兴赋序》："余春秋三十有二，始见二毛"。后因以"二毛"指三十余岁。

雪中送炭

谜目：白居易五言诗一句

谜底：天下无寒人

解析：雪中送炭，是指在下雪天给人送炭取暖。"雪中"会意扣天下，"送炭"以取暖叫出"无寒人"。

齐女两袒

谜目：梅尧臣五言诗一句

谜格：卷帘格

谜底：汉家多近亲

解析：春秋时期，有齐女待嫁，东邻富而丑，西邻俊而穷，两人均来求婚。问她中意哪个，齐女害羞，不好意思开口。她父亲说，不言语也行，你要是想嫁西邻，就袒露左臂，要是想嫁东邻，就袒露右臂。齐女两臂皆露，其父大惑不解。齐女说：我想食在东邻，宿在西邻。根据典意，以亲事多了一邻家汉子，而缩底：亲近多家汉。

万事俱备

谜目：3字食物期待语一

谜格：土音格

谜底：党番刮

解析：《三国演义》第四十九回："孔明索纸笔，屏退左右，密书十六字曰：欲破曹公，宜用火攻；万事俱备，只欠东风。"万事俱备，只欠东风，意思是一切都准备好了，只差东风没有刮起来。谜底承下句"等待风刮起"而踏底：党/番刮。

潮汕地方特色灯谜族系当中，"土音谜"是文字表达难度最大的一个谜种。谜底以方言音别读或别解释义，很多谜底有音无字。上谜"等待"潮汕话叫作"党"，"番薯"潮汕话叫作"番刮"。

迎风流泪

谜体：探骊

谜底：诗经目、泮水

解析：迎风流泪，是一种病征。诗经分为风、雅、颂三部分。"风"别解借代"诗经"，充当谜目。"流泪"会意为"目泮水"。泮，散、分离。泮水，《诗经》篇目之一。该谜如降低难度，可定目"《诗经》篇目一"，则底为"扬之水"。有"风"，"扬"才叫得出。

绿衣黄里

谜目：语文名词一

谜底：倒装

解析：绿衣黄里，汉语成语。绿、黄，古时以黄色为正色，绿色为闲色。以绿色为衣，用黄色为里，旧喻尊卑反置，贵贱颠倒。扣合上，以颠倒的衣装而踏底：倒装。

举一反三

谜目：汉字部首一

谜底：阝

解析：举一反三，汉语成语。典化扣合，将"举一"别解为"丨"；将"反三"别解为"3"，而组合成谜底：阝。

慎终追远

谜目：称谓一

谜底：警务长

解析：慎终追远：终，人死；远，指祖先。旧指慎重地办理父母丧事，虔诚地祭祀远代祖先。扣合上，采用典化。慎，警惕，以"警/务长"别解其意。

不臣之心

谜目：3字口语一

谜底：没主意

解析：不臣之心，汉语成语，意思是指不忠君的思想，后也指犯上作乱的野心。谜底以"没主/意"典扣。

月明如昼

谜目：古名马一

谜底：照夜白

解析：月明如昼，汉语词语，指月亮照耀得像白天一样明亮。谜底以"照夜/白"扣合词义。

乱点鸳鸯谱

谜目：5字常言一

谜底：对事不对人

解析：鸳鸯比喻夫妻。将男女交互错配叫乱点鸳鸯谱。谜底以"成对的事却配错人"别解扣合谜面。

"秀才遇到兵"

谜目：称谓一

谜格：土音格

谜底：理论家

解析：谜面为歇后语"秀才遇到兵——有理说不清"前半句。谜底采用启下法，以"理论是多余的（理论不了）"扣合下半句。潮汕土音"家"就是"多"或"多余的"之意，因而踏底：理论家。

象棋的故事

谜目：著名革命老区一

谜格：秋千格

谜底：古田

解析：《象棋的故事》是奥地利作家斯蒂芬·茨威格创作的中篇小说。谜面别解，"象"在棋里走"田"字形，"故事"扣"古"，谜底按格调为"田古"扣合谜面。

"子猷为此语"

谜目：多笔字一

谜底：篁

解析：谜面出自王之道《题璋老清閟轩》："竹诚松柏流，一日不可无。子猷为此语，千古谁能渝。"子猷，晋王徽之的字，性爱竹，曾说："何可一日无此君！"谜面"为此语"，就是王徽之说的"何可一日无此君！"即说竹。谜底以"王白（说）竹"组成谜底：篁。

往事不堪回首

谜目：百家姓一

谜底：辜

解析：往事不堪回首，指不忍再去回忆过去的经历或情景。因为过去的人与事想起来就会让人心痛，扰意叫出"古辛"而组底：辜。

三更想半夜反

谜目：张炎词一句

谜底：一点归心

解析：谜面为潮汕俗语，形容拿不定主意，犹犹豫豫的样子。扣合上，"三更、半夜"借代时间"一点"，"想、反"别解为"归心"。

花珍珠有些痴处

谜目：离合字一

谜底：心惟一主人

解析：《红楼梦》第三回："这袭人亦有些痴处：服侍贾母时，心中眼中只有一个贾母；如今服侍宝玉，心中眼中又只有一个宝玉。"花珍珠，袭人本名。谜底以"心/惟一主人"扣合典意。

"谁咏贪泉四句诗"

谜目：字一

谜底：误

解析：谜面出自李群玉《石门戍》。贪泉，泉名，在广东省南海县（今南海区）。晋吴隐之操守清廉，为广州刺史，未至州二十里，地名石门，有水曰贪泉，相传饮此水者，即廉士亦贪。隐之酌而饮之，因赋诗曰："古人云此水，一歃怀千金。试使夷齐饮，终当不易心。"及在州，清操愈厉。谜底以"吴言"回答谜面而组成：误。

先主刘备托孤处

谜目：吉林省地名一

谜底：白城

解析：刘备托孤之处，在白帝城。先主是对已故皇帝的尊称，即"帝"没了。谜底用"白帝城"减去"帝"字，剩下"白城"。

出世偏逢饥荒年

谜目：农业用语一

谜格：双钩格

谜底：粮食生产

解析：出世扣"生"，饥荒年扣"产粮/食"。食，亏损，后作"蚀"。谜底按格调为"生/产粮/食"扣合谜面。

夜来《师说》何人读

谜目：《红楼梦》人物一

谜底：薛蟠

解析：夜来，别解成魏文帝爱妾薛（灵芸）。韩愈作《师说》目的是："李氏子蟠，年十七，好古文，六艺经传皆通习之，不拘于时，学于余。余嘉其能行古道，作《师说》以贻之。"李蟠，也是韩愈弟子。"《师说》何人读"，别解成给（李）蟠读的，从而踏底：薛蟠。

武后废李旦称帝

谜目：《红楼梦》人物二

谜底：平儿、王成

解析：公元 690 年，武则天废儿子李旦为皇嗣，自己称帝，改国号为周，史称武周。谜底以武则天"铲除儿子而称王"正面扣合典意，缩为：平儿、王成。

"闻安期枣有谁逢"

谜目：古代哲学家一

谜底：李耳

解析：谜面出自刘克庄《用强甫蒙仲韵十首》。《史记》卷二十八：少君言上曰："臣尝游海上，见安期生，安期生食巨枣，大如瓜。"李少君，字云翼，齐国临淄人，好道。逢安期枣者，李少君也。谜底以"李耳"回答了谜面。

北宋交子，难及世民

谜目：《百家姓》一句

谜底：赵钱孙李

解析：北宋时期出现的交子，是世界上第一种纸币。这种纸币由国家承担发行，强行让百姓承认它的价值。但在民间，大多数普通百姓是不认交子的，百姓始终觉得金属货币才是钱。后来王安石变法，交子趋于消失。

谜面说的就是这个历史事实。"北宋交子"扣出"赵钱"。"难及"别解为比不上，扣"孙"（孙，通逊）。"世民"别解借代"李"，从而踏底：赵钱孙李。

"一笑难逢"

谜目：叱字一

谜底：口哈少合

解析：谜面出自张炎《壶中天·念奴娇》。"一笑"扣出"口

128

哈"，"难逢"别解为"少合"，而组底为：口哈少合。"少"，在面为"很少"解释，在底为"缺少"之意，为离损动作词。

叱字谜，属字谜之一。魏育涛先生在其《潮汕灯谜史》（2007年，中国文史出版社）中称："早在20世纪四五十年代间，澄海籍旅泰著名谜家蔡醉红先生（1914—1957）就创造出一种称之为'叱字谜'的新谜种，此谜种开创伊始在泰国就相当流行，而后海外潮人谜家又将其流传入潮汕地区。"流传最广的叱字谜当属俞樾的"九十九（字一）白"，其间扣合有个"百差一"意，即"过渡底"，但只叫出"白"字正底。郑镇凯先生在《潮汕谜艺》（1999年，花城出版社）"独具一格潮汕谜"一章中认为：初创的叱字谜"未免有生硬之嫌"。近几年来，潮汕谜界同仁取得共识，对叱字谜进行改革，其示例为："说话吞吞吐吐（叱字一）言语支吾"。表面看去，改革后将过渡底纳入谜底，与原来的正底合并为谜底，而实质上谜面能直接会意得出谜底。谜底的结构是在离合字间加入了"离损动作词"，这样的格式对"离损动作词"要求非常高：一方面需在谜底作为离合字间的纽带，另一方面又需照应谜面的会意。谜例强调了"支""吾"二字的别解。所以，改革后的叱字谜谜底基本格式是"正底＋过渡底"，以此扣合谜面，而且在离合字间加入的离损词必须是动词。

"囊装贮赐金"

谜目：叱字一

谜格：掉尾格

谜底：衣袋代藏

解析：谜面出自王禹偁《送正言杨学士之任缙云》。"囊装贮"会意为"衣袋藏"，"金"别解为"朝代"，谜底按格调为"衣袋藏代"扣合谜面。

"怡然有馀欢"

谜目：叱字一

> 谜底：心悦难兑

解析：谜面是元代卢挚《寄博士萧徵君维斗》中的一句，体现诗人归隐"秦中幽胜地"时的闲适与快乐，并且是一直愉悦着。谜底以"心情愉悦难以更变（兑）"扣合谜面之意，缩底为：心悦难兑。

"少卿是个豪杰"

谜目：叱字一

> 谜底：杜仪人义

解析：谜面是《儒林外史》第三十二回文，韦四太爷盛赞少卿之语。少卿，即杜仪。他在一些人眼中是败家子，但他败掉了个人的财产，却帮助了许多人，救济了许多人，造福了许多人，是一种不折不扣的义举，更是作者所要推崇的一个人物。谜底以"杜仪／人义"扣合典意。

"婴儿稚女满眼前，莫负时光笑开口"

谜体：三龙戏珠

> 谜底：家、小说、春、秋

解析：谜面出自王禹偁《酬赠田舍人》，表达诗人与一家小儿女共度时光的愉快愿望，拢意为"家小／说／春秋"。说，同悦，高兴、愉快。春秋，指光阴、时光。谜底另顿读为：家小、说、春、秋。

清代有三龙戏珠鱼跃龙门石雕。三龙戏珠，即三条龙戏耍（或抢夺）一颗火珠的表现形式。它的起源来自天文学中的星球运行图，火珠是由月球演化来的。借用之于灯谜，其格法为：谜底＋谜目＋谜底＋谜底；或：谜底＋谜底＋谜目＋谜底。该谜体命名者：李教亮。

"对着这江山胜景"

谜体：三龙戏珠

谜底：朝、国家、美、意

解析：谜面出自乔吉《杂剧·杜牧之诗酒扬州梦》。"对着"会意为"朝"；"江山"借代"国家"；"胜景"会意叫出"美意"，而组成谜底：朝、国家、美、意。

"江山自雄丽"

谜体：三龙戏珠

谜底：赞、美、国家、意

解析：谜面出自张孝祥《水调歌头·江山自雄丽》，"江山"借代"国家"，以"赞美国家之意"扰意踏底：赞、美、国家、意。

左右开弓

谜体：三龙戏珠

谜底：中、方向、西、东

解析：左右开弓，汉语成语，双手都能弯弓射箭。形容双手同时或轮流做某一动作。扣合上，就其本义别解成：中间向左右发射。左右按地图方位为西、东，即"中方/向西东"扣合。

"那荷花精神、颜色无一不像，只多着一张纸"

谜目：《红楼梦》人物二

谜底：入画、王成

解析：《儒林外史》第一回，王冕学画三个月，即把荷花精神给画了出来。谜面以"荷花入画，王冕画得很成功"而缩底：

入画、王成。此为首选。

该谜若附"掉头格",则底可以有三个:英莲、入画、王成。该谜若不附格,再叫出另一个底"芙蓉"则不妥,因为《红楼梦》中的"芙蓉"暗指晴雯的木芙蓉、黛玉的水芙蓉。

"就像是湖里长的,又像才从湖里摘下来贴在纸上的"

谜目:《聊斋志异》篇目二

谜底:花神、王成

解析:《儒林外史》第一回,王冕学画三个月,即把荷花精神给画了出来。谜面以"荷花之活灵活现是王冕给画就的"而缩底:花/神,王/成。

"我如今带你去回老爷,先把你这奸情事打几十板子,丫头便传蘧家领去,叫你吃不了的苦,兜着走!"

谜目:成语一

谜格:蕉心格

谜底:差强人意

解析:谜面出自《儒林外史》第十四回,差人为从中渔利,用此话恐吓宦成收银子走人。此话语颇带强势之意,按格调为"差人强意"扣合典意。

"上写'门下鲍文卿叩'"

谜目:《桃花源记》一句

谜底:寻向所志

解析:谜面为《儒林外史》第二十五回,鲍文卿去拜见原安东县升任来的向老爷所必用的手本(拜帖)上写的内容。谜底以"用于拜见向老爷所写的"来扣合典意,缩底:寻向所志。寻,用也。——《小尔雅》

"和尚一口价定要三两一月，讲了半天，一厘也不肯让"

谜目：潮汕俗语一

谜底：无变收宿

解析：谜面为《儒林外史》第二十八回，话说萧金铉、季恬逸和诸葛天申三人到一个和尚家寻下榻之处，当家和尚要的房租，价钱坚决不改变。谜底以"无变收/宿"扣合典意。潮语"无变收宿"是指没办法收场之意。

"治晚不幸大病，生死难保，这事断不能了"

谜目：《聊斋志异》篇目二

谜格：掉尾格

谜底：小官人、局诈

解析：《儒林外史》第三十四回，李大老爷吩咐县里邓老爷来请杜少卿到京里去做官，杜少卿一向无志于当官（即"这事"）而装病推辞，才出此言。"这事断不能了"，体现他轻视为官者，从而叫出"小（轻视）官人"。而"不幸大病，生死难保"只是个骗局。谜底按格以"小官人（之）诈局"扣合典意。

"有了这一场结局，将来乡试也不应，科、岁也不考，逍遥自在"

谜体：探骊

谜底：轻功名、轻身术

解析：《儒林外史》第三十四回，杜少卿成功推辞到京当官时的内心活动。"将来乡试也不应，科、岁也不考"体现他轻视考取功名，缩底"轻功名"。"这一场结局"之后获得"逍遥自在"，即用推掉当官这一办法，以让自己一身轻松，而踏底：轻功名、轻身术。

"况且娶妾的事，小弟觉得最伤天理"

谜目：离合字三

谜底：仪人义、心不怀、他人也

解析：《儒林外史》第三十四回，季苇萧醉言劝杜仪另娶一个以"才子佳人，及时行乐"，杜仪说了上面的话，并说："小弟为朝廷立法：人生须四十无子，方许娶一妾；此妾如不生子，便遣别嫁。是这等样，天下无妻子的人或者也少几个。也是培补元气之一端。"可见，杜仪出于天理，不想娶妾而只愿"镇日同一个三十多岁的老嫂子看花饮酒"，从而踏底：仪/人义，心不怀/他人也。

"杜生委系患病，不能就道"

谜目：《儒林外史》地名二

谜底：仪征、无为

解析：《儒林外史》第三十四回，杜仪装病拒绝朝廷大典之征召，知县只好作别上轿，备文书说了此话。扰意：杜仪这病征，不可能就任。缩底：仪征、无为。征，迹象、现象。

约法三章

谜目：《儒林外史》人物一

谜格：掉头格

谜底：王汉策

解析：西汉·司马迁《史记·高祖本纪》："与父老约，法三章耳：杀人者死，伤人及盗抵罪。余悉除去秦法。"后世据此典故引申出成语"约法三章"。谜底按格调为"汉王/策"扣合典意。

泰伯祠主祭行首献

谜目：学校标语一

谜格：掉头格

谜底：德育为先

解析：《儒林外史》第三十七回，泰伯祠主祭推选虞育德，虞育德也是行首献者。谜底按格调为"育德为先"扣合典意。

"早被他飞起一脚，踢倒在地"

谜目：离合字一

谜底：采足踩

解析：《儒林外史》第三十九回，萧云仙前往投军路上，差点遭为求盘缠的木耐袭击，幸得萧云仙机警，先发制人。"他"，指萧云仙，萧采。谜底以"采/足踩"扣合典意。踩，脚底接触地面或物体。

"萧云仙夺了他手中短棍"

谜目：方位字一

谜底：采下木

解析：《儒林外史》第三十九回，萧云仙前往投军路上，差点遭为求盘缠的木耐袭击，幸得萧云仙机警，反而夺过木耐手中短棒。萧云仙，名采。"他"指木耐，姓木名耐。谜底以"采下木"扣合典意。下，夺取、夺得。

"宋家晓得这事，慌忙叫小司客具了一个诉呈，打通了关节"

谜目：成语一

谜底：为富不仁

解析：《儒林外史》第四十回，话说沈先生领着女儿沈琼枝前往扬州许嫁宋府，却发觉宋为富原来是拿女儿当妾，一气之下告到江都县知县。宋为富得知后马上做出此事，买通知县。根据典意踏底：为富/不仁。

"何不到南京去卖诗过日子"

谜目：现代作家一

谜底：沈从文

解析：《儒林外史》第四十回，话说沈琼枝发觉是给宋为富当妾，趁机拐了宋家东西逃离。她考虑到回常州父母那里，"恐惹故乡人家耻笑"。因想到"南京是个好地方"，便有此打算：卖文为生。故踏底：沈/从文。

"那文书上有'多带兵马'字样"

谜目：古文名篇一

谜底：后出师表

解析：《儒林外史》第四十三回，府里知会过来催汤镇台出兵。汤镇台叫书办改了一字，将"带领兵马"改为"多带兵马"。扣合上，"多带兵马"会意为"出师"，"文书上有"会意扣"表"。而这份文书不是原来的，是被汤镇台修改后的，故而踏底：后/出师表。

"没有个中进士姓彭的，他就可以不必有友"

谜目：潮汕俗语一

谜底：无依无势

解析：《儒林外史》第四十四回，话说五河县风俗恶赖："五河县发了一个姓彭的人家，中了几个进士，选了两个翰林。五河县人眼界小，便阖县同去奉承他。"出了两种人——呆子"非彭不友"、乖子"非彭不口"。以五河县人没有不依赖有势的，而踏底：无/依无势。潮语"无依无势"是指干活手脚慢，或心不在焉之意。

"后来经史子集之书，无一样不曾熟读，无一样不讲究，无一样不通彻"

谜目：词牌名二

谜格：掉头格

谜底：虞美人、于中好

解析：《儒林外史》第四十七回："话说虞华轩也是一个非同小可之人。他自小七八岁上，就是个神童。后来经史子集之书，无一样不曾熟读，无一样不讲究，无一样不通彻。"谜面是称赞虞华轩在经史子集之书中，学问很好。谜底按格调为"美/虞人/于中/好"扣合典意。

"无奈他虽有这一肚子学问"

谜目：成语一

谜底：文人相轻

解析：《儒林外史》第四十七回："无奈他虽有这一肚子学问，五河人总不许他开口。"虞华轩生在五河县这恶俗地方，即使"一肚子学问（文人相）"，也会受到轻视的，从而踏底：文人相/轻。

"他就做三百年的秀才，考二百个案首。进了大场总是没用的"

谜目：韩愈古文一句

谜底：其真不知马也

解析：《儒林外史》第四十九回，施御史高谈举业，认为马纯上"此中的奥妙他全然不知"。谜底以"其真不知/马也"扣合典意。

"十里长亭，安排下筵席"

谜目：《儒林外史》戏目二

谜底：请宴、饯别

解析：谜面出自《长亭送别》。十里长亭，是古代为行人送别之处。崔家为送张生赴京考试而在长亭设宴饯别，故踏底：请宴、饯别。

"休要一春鱼雁无消息"

谜目：《儒林外史》戏目二

谜底：饯别、追信

解析：谜面出自《长亭送别》，崔莺莺在长亭饯别张生时的嘱咐语，要张生去后寄信回来，从而踏底：饯别、追信。追，追取。谜底《追信》，是追韩信。

"呆名士妓馆献诗"

谜目：中药名冠别称

谜底：文无、当归

解析：谜面为《儒林外史》第五十四回回目。话说丁言志到青楼去会聘娘献诗。因为聘娘"诗句不是白看的"，而丁言志只剩"二十个铜钱"而不足，被聘娘"羞得脸上一红二白，低着头"回家去。纳典意：文无/当归。文，铜钱单位。

"于老者听到深微之处，不觉凄凉泪下"

谜目：文学体裁二

谜底：元曲、悲剧

解析：《儒林外史》第五十五回，荆元应老朋友于老者之邀，弹一曲琴，至变徵之音，不觉凄凉泪下。故而纳典意踏底：元曲/悲剧。

"那僧笑道：'你且莫问，日后自然明白。'"

谜目：数学名词二

谜底：质因子、未知数

解析：《红楼梦》第一回，话说石头听见僧人那番话后，问："不知可镌何字？携到何地方？望乞明示。"僧人就回了这话。换句话说，要质问其中缘由，你得将来才能知道的，因而踏底：质因/子未/知数。子，第二人称代词。未，将来、未来。

"参他'生性狡猾，擅篡礼仪，且沽清正之名，而暗结虎狼之属，致使地方多事，民命不堪'等语"

谜目：环保名词一

谜格：卷帘格

谜底：污化系统

解析：《红楼梦》第二回，贾雨村恃才侮上，官员侧目而视，后来被上司参了一本，列数如此诸多罪状。他，指贾雨村，名化。谜底按格调为"统/系化/污"扣合典意。

"弟已预为筹画至此，已修下荐书一封"

谜目：应用文体裁一

谜底：海报

解析：《红楼梦》第三回，贾雨村央烦林如海到都中烦贾政谋职，恰逢林如海有心报答贾雨村教女之恩，便修书给贾雨村带去。弟，指林如海，名海。谜底"海报"，可就面扣合林如海告诉贾政之语，也可用林如海在报答贾雨村之意去扣合，则更具典扣意味。

"我这些儿女，所疼者独有你母亲"

谜目：西药一

谜格：白头格

谜底：息斯敏

解析：《红楼梦》第三回，林黛玉进贾府，贾母伤感地对她说了这话。"你母亲"，指贾敏。谜底按格以"惜/斯敏"扣合贾母之意。惜，疼爱。

"袭人素知贾母将自己与了宝玉的，今便如此，也不为越礼"

谜目：贺铸词目一

谜底：花心动

解析：《红楼梦》第六回，宝玉要与袭人同领警幻所训云雨之事，花袭人内心忖度也不为越礼。谜底遂以"花/心动"扣合典意。

"其中多得狗儿之力"

谜目：唐诗人一

谜底：王绩

解析：《红楼梦》第六回，刘姥姥来找周瑞家的，周瑞家的有感于丈夫周瑞与人争买田地一事，有王狗儿之功劳，而谜底：王绩。绩，功也。——《声类》

"凤姐早已明白了，听他不会说话"

谜目：古文学家一

谜格：素腰格

谜底：刘禹锡

解析：《红楼梦》第六回，刘姥姥见凤姐，一番"只因他老子娘在家里，连吃的都没有。如今天又冷了，越想越没个派头儿，只得带了你侄儿奔了你老来"，凤姐马上知道无非得赏赐些钱物给他们，虽然刘姥姥不会说话。因而按格谜底"刘语/锡"

扣合典意。锡，通赐，赏、赐予。

"较宝玉略瘦些，眉清目秀，粉面朱唇"

谜目：工业仪器一

谜底：钟表

解析：《红楼梦》第七回，秦钟出场，描述其外表，而踏底：钟表。

"身材俊俏，举止风流，似在宝玉之上"

谜目：《红楼梦》人物一

谜底：秦兼美

解析：《红楼梦》第七回，秦钟出场，其形貌胜过宝玉，以秦钟更美而踏底：秦/兼美。兼，胜过、超越。

"身材俊俏，举止风流，似在宝玉之上"

谜目：成语一

谜格：双钩格

谜底：一见钟情

解析：《红楼梦》第七回，凤姐也要见秦钟，贾蓉即带秦钟前来。这是秦钟第一次亮相。谜底按格以（秦）钟的情状一露扣合典意，而缩为：钟情/一见。见，通现，显露。

"你今日回家亦禀明令尊，我回去再禀明家祖母，无不速成之理的"

谜目：古书名一

谜格：粉底格

谜底：聊斋志异

解析：《红楼梦》第七回，话说贾宝玉与秦钟在里间聊师塾之事，两人都有在贾府师塾读书的意向。宝玉要秦钟回去禀告令尊此事，这事容易办到，故而按格踏底：聊斋志/异（易）。

"正思要和亲家去商议送往他家塾中"

谜目：成语一

谜底：秦晋之好

解析：《红楼梦》第八回，话说秦钟因业师亡故，只得在家温习旧课，可巧遇见了宝玉这个机会，其父秦业巴不得把他送进贾府师塾去。谜底以"秦/晋之/好"扣合典意。晋，进也。

"可定是要'蟾宫折桂'去了"

谜目：教育称谓一

谜底：中考生

解析：《红楼梦》第九回，黛玉见宝玉要上学去，对他的笑语。蟾宫折桂，科举时代比喻应考得中。谜底以"中考/生"扣合谜面之意。生，形成、产生。

"将学中之事，又命长孙贾瑞暂且管理"

谜目：反离合音字一

谜底：塾师无

解析：《红楼梦》第九回，话说贾代儒因有事回家去，而将学堂里之事叫贾瑞暂代管理，塾里因没老师而致众孩子闹起学堂。谜底以"塾/师无"扣合典意。

"太爷说：'我是清净惯了的，我不愿意望你们那空排场热闹处去。'"

谜目：成语一

谜底：敬而远之

解析：《红楼梦》第十回，话说贾珍来请父亲贾敬回家过寿日，贾敬（太爷）不想回去。谜底以"敬/而远之"扣合谜面之意。远，远离、回避。

"那先生道：'依小弟意下，竟先看脉再请教病源为是。'"

谜目：古名医一

谜格：素腰格

谜底：张仲景

解析：《红楼梦》第十回，话说张友士来到内室看贾蓉之妻秦氏的病，注重的是看其内里的真实病情，而不是问病源，而按格踏底：张/重（仲）景。景，现象、情况。

"何尝不是这样呢，真正先生说得如神，倒不用我们说的了。"

谜目：宋词人连诗目

谜格：掉头格

谜底：秦观、病中

解析：《红楼梦》第十回，话说张太医看贾蓉之妻秦氏之病后，论病细穷源，旁边一个贴身服侍的婆子回说病看得很准，按格踏底：观/秦病/中。

"誓任摔丧驾灵之任"

谜目：《陌上桑》一句

谜底：秦氏有好女

解析：《红楼梦》第十三回，话说秦可卿死了，"小丫鬟名宝珠者，因见秦氏身无所出，乃甘心愿为义女，誓任摔丧驾灵之任。"故而拢意踏底：秦氏有好女。

谜作选二

"不如平准一千二百银子，送到我家就完了。"

谜目：法律名词一

谜底：权利

解析：《红楼梦》第十三回，话说贾珍为给贾蓉捐个龙禁尉，问："银子还是我到部兑，还是一并送入老内相府中？"戴权道："若到部里，你又吃亏了。不如平准一千二百银子，送到我家就完了。"这"一千二百银子"，其实就是戴权的私利，因而踏底：权/利。

"那眼泪恰似断线之珠，滚将下来"

谜目：离合字一

谜底：王水汪

解析：《红楼梦》第十四回，王熙凤眼见秦氏棺材，泪水滚下来。谜底以"王/水汪"扣合典意。

"刚到了宁府，荣府的人又跟到宁府；既回到荣府，宁府的人又找到荣府"

谜目：双示位方位字一

谜底：班东王西王

解析：《红楼梦》第十四回，话说王熙凤协理宁国府丧事时，每天得奔波于东西两府理事，两处交叉工作着。遂以王熙凤工作于东西两府扣合典意，而踏底：班东/王、西/王。班，按规定一天之内工作（或执勤）的一段时间。

"自己气的老病发作，三五日光景呜呼死了"

谜目：商业用语一

谜格：秋千格

谜底：休业

解析：《红楼梦》第十六回，话说智能来看视秦钟，不料被秦业知觉，把个秦业给气死了。谜底按格调为"业休"扣合典意。

"一进来园中所有之景悉入目中，则有何趣"

谜目：动物一

谜底：穿山甲

解析：《红楼梦》第十七回，话说贾政前往验收大观园，"只见迎门一带翠嶂挡在前面。"众清客都道："好山，好山！"贾政道："非此一山，一进来园中所有之景悉入目中，则有何趣。"就是说，入门这一山能让观者不会一览无余，得越过这一山才妙，而踏底：穿山/甲。

"因默默叹息奢华过度"

谜目：传统节日二

谜格：移珠格

谜底：中元、春节

解析：《红楼梦》第十八回，贾元春省亲，见贾府内外如此豪华，感叹太过奢华。回宫时再四叮咛："万不可如此奢华靡费了！"谜底以元春心中想要节俭扣合典意，而按格调为：元春/中节。

"我怪闷的，来瞧瞧你作什么"

谜目：古称谓一

谜底：探花

解析：《红楼梦》第十九回，贾宝玉偷溜来花袭人家探望袭人，而踏底：探/花。

"又拔令箭问：'谁去偷香芋？'"

谜目：潮剧中人物一

谜底：娄阿鼠

解析：《红楼梦》第十九回，话说贾宝玉编造有个林子洞故事，老耗子要小耗子们下山偷粮食，当问及谁去偷香芋时，"只见一个极小极弱的小耗子"愿意前去偷香芋。谜底以"娄阿鼠"回答谜面。娄，方言中形容身体虚弱。

"亏这一阵风来，把个老婆子撮了去了。"

谜目：外名著一

谜格：上楼格

谜底：李尔王

解析：《红楼梦》第二十回，李嬷嬷这老婆子正在骂宝玉的人，王熙凤来了，把她带离开了。这一阵风来撮了去，指王熙凤。谜底按格调为"王/李尔"扣合典意。

"一个枕头，一个兽头"

谜目：副词一（此谜一定难猜）

谜底：从来

解析：《红楼梦》第二十二回，贾环令人猜不出的谜面："一个枕头，一个兽头"。该谜采用加注法拆合。"个枕"的头取"人、木"；"个兽"的头取"人、丷"；再根据加注的隐语，去掉"一"，剩下"一、人、木、人、丷"，而组成谜底：从来。

"莫向东风怨别离"

谜目：温庭筠七言诗一句

谜底：春来多少伤心事

解析：《红楼梦》第二十二回，贾探春灯谜谜面。意思是，不要在春天里埋怨离别。"东风"借代春天。谜底以在春天里应该减少伤心事,而缩底"春来/多/少伤心事"扣合谜面之意。多,动词,推崇。

"宝玉要抖将下来,恐怕脚步践踏了"

谜目:8字成语半句

谜底:落花有意

解析:《红楼梦》第二十三回,宝玉在沁芳闸桥桃花底下读书,风起而将桃花吹下,落在他身上,他想抖下来又怕践踏了它。因而踏底:落花有意。有意,有做某种事的愿望。

"忽朦胧睡去,遇见贾芸要拉他"

谜目:离合字一

谜底:林夕梦

解析:《红楼梦》第二十五回,话说小红(林红玉)心神恍惚,情思缠绵,因而夜里梦见贾芸来拉他,唬醒后弄得一夜无眠。谜底以"林/夕梦"扣合典意。

"三十三日之后,包管身安病退,复旧如初"

谜目:韩愈古文一句

谜底:其真无马邪

解析:《红楼梦》第二十五回,话说马道婆在赵姨娘的利诱下,做了两个纸人,用邪术把王熙凤、贾宝玉给弄得奄奄一息,幸亏癞头和尚与跛足道人到来与之医治。谜面为癞头和尚之语,即三十三日后,王、贾中的马道婆邪术就没有了,而踏底:其/真无/马邪。

"话说宝玉养过了三十三天之后，不但身体强壮，亦且连脸上疮痕平复"

谜目：韩愈古文一句

谜底：其真无马邪

解析：《红楼梦》第二十六回，贾宝玉中了马道婆邪术后，在癞头和尚与跛足道人医治下，终于康复，谜底以"其/真无马邪"扣合典意。

又问薛蟠道："你看真了是'庚黄'么?"

谜体：探骊

谜底：别字二、唐寅

解析：《红楼梦》第二十六回：宝玉听说，心下猜疑道："古今字画也都见过些，那里有个'庚黄'?"想了半天，不觉笑将起来，命人取过笔来，在手心里写了两个字，又问薛蟠道："你看真了是'庚黄'么?"薛蟠道："怎么没看真?"宝玉将手一撒给他看，道："别是这两个字罢? 其实和'庚黄'相去不远。"众人都看时，原来是"唐寅"两个字，都笑道："想必是这两个字，大爷一时眼花了，也未可知。"

薛蟠不学无术，将"唐寅"二字看成别字"庚黄"，踏底：别字二、唐寅。

"将来终身指靠谁"

谜目：白居易五言诗一句

谜底：应念未归人

解析：《红楼梦》第二十八回，云儿便说道："女儿悲，将来终身指靠谁?"扣合上，"将来"会意为"未"；"终身"是指云儿的婚姻大事，扣"归"。谜面应是云儿在挂念未来不知道将嫁给谁，而踏底：应念/未/归人。

"我和太太讨了你，咱们在一处罢"

谜目：唐诗人一

谜格：上楼格

谜底：白居易

解析：《红楼梦》第三十回，话说宝玉见了金钏儿就有些恋恋不舍的，拉着她的手悄悄地对她说，要向王夫人讨去，让金钏儿跟他一处。金钏儿，姓白。谜底以"易/白居"扣合典意。

"翠缕听了，忙赶上拾起来，手里攥着"

谜目：对联横批一

谜格：双钩格

谜底：麒麟到此

解析：《红楼梦》第三十一回，话说湘云与翠缕刚到蔷薇架下，发现有人掉下一个金麒麟，翠缕马上拾起来。谜底按格以"到此/麒麟"扣合典意。

"你问问缕儿，我在家时时刻刻哪一回不念你几声"

谜目：古书名冠分类

谜底：表、史记

解析：《红楼梦》第三十二回，史湘云为表明在家常常记挂着袭人，叫袭人可以问问缕儿。问缕儿，以叫出底"表"，表明。谜底以"表/史记"扣合典意。

"别人还可，惟有宫裁，禁不住也抽抽搭搭的哭起来了"

谜体：反探骊

谜底：李尔王、悲剧

解析：《红楼梦》第三十三回，贾政怒打宝玉，将其打得动弹不得，王夫人见状，抱着宝玉"哭着贾珠的名字，别人还可，惟有宫裁，禁不住也抽抽搭搭的哭起来了"。王夫人之哭，李宫裁也极度悲伤，因而谜底以"李尔（耳）、王/悲剧"扣合典意。

"我的儿，你竟有这个心胸，想的这样周全！"
谜目：古龙小说人物一
谜底：花无缺

解析：《红楼梦》第三十四回，王夫人听了花袭人让宝玉搬出园外住的建议后，发自内心说的话。"我的儿，你"指花袭人。花袭人想得很"周全"，而叫出"无缺"，从而踏底：花/无缺。

"老太太屋里几个一两的？"
谜目：孟浩然五言诗一句
谜底：花落知多少

解析：《红楼梦》第三十六回，是王夫人问凤姐之语，凤姐道："八个。如今只有七个，那一个是袭人。"袭人姓花，如果退去花袭人，那么就只有七人，以此回答了王夫人。谜底以"花落/知多少"扣合典意。落，退去。

"蘅芜苑夜拟菊花题"
谜目：谜目一
谜格：掉头格
谜底：打一诗目

解析：《红楼梦》第三十七回回目。话说史湘云在夜里与薛宝钗一起，拟定了十二个菊花诗题，作为第二天海棠社诗目。"十二个"为"一打"，谜底按格调为"一打/诗目"扣合典意。

"从太太起，那一个敢驳老太太的回？现在他敢驳回。"
谜目：双母字方位字一

谜底：今金顶人

解析：《红楼梦》第三十九回，敢驳老太太的他，指金鸳鸯。"现在"指今，"驳回"指顶人，谜底以"今/金顶人"扣合典意。

"将那成窑的茶杯别收了"

谜目：离合音字一

谜底：兹肮脏

解析：《红楼梦》第四十一回，妙玉因那成窑茶杯是刘姥姥喝过的，叫别收进入，只搁外头去罢。宝玉明白是妙玉嫌其脏，因而踏底"兹/肮脏"扣合典意。

"我有些信不及，倒要当面点一点"

谜目：《石钟山记》一句

谜格：白头格

谜底：余尤疑之

解析：《红楼梦》第四十三回，王熙凤要尤氏把银子拿走，尤氏笑着说了此话并清点，果然发觉缺了李纨一份银子。谜底按格谐读为"余（于）尤/疑之"扣合典意。

"二爷在家里，打发我来这里瞧着奶奶的"

谜目：宋诗人二

谜格：卷帘格

谜底：王之望、贾应

解析：《红楼梦》第四十四回，话说贾琏趁王熙凤生日那天不在家，与鲍二老婆偷情，叫小丫头在外把风，不料王熙凤提前回家，把小丫头逮个正着，令其说出实情。扣合上，以小丫头应贾琏之命在外把风瞧瞧，以防王熙凤之典意，按格而缩底为：应贾/望之/王。

王观，是词人，故排除此底。

"不用寻死，我也急了，一齐杀了"

谜目：叱字一

谜底：王连琏亡

解析：《红楼梦》第四十四回，王熙凤见平儿跑出去寻死，就一头撞在贾琏怀里，要贾琏也勒死自己。贾琏气得墙上拔出剑来，并说此话：要杀死王熙凤，自己偿命。根据典意踏底：王连琏/亡。

"若不是主子们的恩典，我们这喜从何来？"

谜目：《红楼梦》人物二

谜底：赖大、赖升

解析：《红楼梦》第四十五回，话说赖嬷嬷孙子赖尚荣因贾府举荐之力选了县官，准备设宴，进来邀请贾府众人。赖嬷嬷话中就是说，是依赖主子们，赖家赖尚荣才有升迁之喜，而缩底为：赖大，赖/升。

"意思要和老太太讨了你去，收在屋里"

谜体：反探骊

谜底：巴金、作家

解析：《红楼梦》第四十六回，邢夫人尊贾赦之意，要纳贾母侍女鸳鸯，亲自前来与鸳鸯道明。鸳鸯，姓金。谜底以"巴/金作家"扣合典意。

"你自己不肯说话，怕臊"

谜目：成语一

谜底：金口难开

解析：《红楼梦》第四十六回，邢夫人要替贾赦做媒，娶鸳鸯为姨娘，以为鸳鸯害羞不肯说。"你"指金鸳鸯，谜底以"金/口难开"扣合谜面之意。"怕臊"更着出"难"意。

"我想今年夏天的雨水勤，恐怕他的坟站不住"

谜目：古女连词目

谜底：柳如是、怀人

解析：《红楼梦》第四十七回，贾宝玉问柳湘莲这几月可到秦钟的坟上去了。柳湘莲回说不只替秦钟修坟，还准备十月初一再上坟。扣合上，以柳湘莲就是这样怀念秦钟拢扣典意，而踏底：柳/如是/怀人。

"湘莲见他如此不堪，心中又恨又愧，早生一计"

谜目：财会工具一

谜格：粉底格

谜底：算盘

解析：《红楼梦》第四十七回，薛蟠因见柳湘莲生得俊美，又犯了旧病，死缠他。柳湘莲于是准备算计薛蟠，按格踏底为：算盘（蟠）。

香菱何时成其诗

谜目：宋词人一

谜格：白头格

谜底：叶梦得

解析：《红楼梦》第四十八回，香菱向林黛玉学诗作诗，第一、二首作得不好，"至晚间对灯出了一回神，至三更以后上床卧下，两眼睁睁，直到五更，方才朦胧睡去了……只听香菱从梦中笑道：'可是有了，难道这一首还不好？'"香菱就是在夜梦中成就此诗的，按格踏底：叶（夜）梦得。

"胡庸医乱用虎狼药"

谜格：游目

谜底：枳实、麻黄、全参

解析：《红楼梦》第五十一回回目，胡太医给晴雯开的药方，宝玉一看，说道："这枳实、麻黄如何禁得。谁请了来的？快打发他去罢！再请一个熟的来吧。"之后请王太医来，开的方子上果然没有枳实、麻黄。扣合上，谜面上的"药"为谜目，以胡太医将枳实、麻黄全部掺入，突出胡太医之"庸医、乱用"而踏底：枳实、麻黄、全参。

王太医治晴雯处方

谜目：中药三

谜底：没药、枳实、麻黄

解析：《红楼梦》第五十一回，胡太医给晴雯开的处方被宝玉扔了。后另请王太医诊断，药方上就没枳实、麻黄这药，而踏底：没药、枳实、麻黄。

"怎么匡人看见孔子，只当是阳虎呢?"

谜目：数学名词一

谜格：上楼格

谜底：相似比

解析：《红楼梦》第五十六回文。孔子与阳虎相貌相像，所以匡地人看见孔子，以为是阳虎其人。扣合上，拿孔子与阳虎相貌比一比，就发觉相像，而叫出"比相/似"扣合典意。

"薛蝌生得又好，且贾母硬作保山，将计就计，便应了"

谜目：《红楼梦》人物一

谜格：蜻尾格

谜底：邢忠

解析：《红楼梦》第五十七回，话说贾母硬做保山，叫邢夫人过来，要将邢岫烟说与薛蝌。邢夫人权衡各方面，觉得合心意，便应了。谜底按格以"邢/中心"扣合典意。

"晴雯忙喊道：'出去！你让他砸了碗，也轮不到你吹。'"

谜目：学科一

谜格：白头格

谜底：几何

解析：《红楼梦》第五十八回，话说芳官的干娘何妈见芳官为宝玉吹汤，便忙跑进来，笑道："他不老成，仔细打了碗，让我吹罢。"却被晴雯斥责了一番，推了出去。谜底按格以"挤何"扣合典意。挤，排挤、排斥。

"这个新鲜花篮是谁编的？"

谜目：动物别称一

谜底：黄耳

解析：《红楼梦》第五十九回，林黛玉问："这个新鲜花篮是谁编的？"莺儿笑说："我编了送姑娘顽的。"扣合上，莺儿，即黄金莺。谜底以"黄耳"回答谜面。

"走上来便将粉照着芳官脸上撒来"

谜目：《红楼梦》人物一

谜格：掉头格

谜底：花袭人

解析：《红楼梦》第六十回，芳官给了贾环蔷薇硝，贾环回家才知是茉莉粉。赵姨娘大怒，立即前来报复，将粉撒到芳官脸上。以报复芳官其人而按格叫出：袭/花人。芳官姓花。袭，引申为报复。

"司棋听了，不免心头起火"

谜目：《西周·雍氏之役》一句

谜底：秦闻之必大怒

解析：《红楼梦》第六十一回，莲花向柳家的要不了鸡蛋，回来告诉了司棋。秦司棋听了发怒并带人砸了柳家的东西，据典意踏底：秦闻之/必大怒。

"急的赵姨娘骂：'没造化的种子，蛆心孽障。'气的彩云哭个泪干肠断。"

谜目：地理学名词一

谜底：横向环流

解析：《红楼梦》第六十二回，贾环起了疑心，将彩云私赠之物全都摔还，赵姨娘急骂，彩云流泪。扣合上，前一句叫出"横向/环"，后一句叫出"流"，而组合成谜底：横向环流。

"既如此，每位再吃一杯再走"

谜目：离合音字一

谜底：喝完还

解析：《红楼梦》第六十三回，寿怡红群芳开夜宴，直至子初一刻十分，袭人要众人再喝完一杯才回去，而踏底：喝完/还。

"芳官吃的两腮胭脂一般，眉梢眼角越添了许多丰韵"

谜目：温庭筠五言诗一句

谜格：素腰格

谜底：花面交相映

解析：《红楼梦》第六十三回，描写（花）芳官酒后越发娇美，两腮、眉梢、眼角娇美相映，而按格踏底：花面/交（娇）相映。

"今见贾琏有情，况是姐夫将他聘嫁，有何不肯？也便点头依允。"

谜目：离合字二

谜底：两人俩、心恰合

解析：《红楼梦》第六十四回，贾琏有情于尤二姐，尤二姐也点头依允，两人合心意，而踏底：两人/俩心/恰合。

"虽然你有这个好主意，头一件，三妹妹脾气不好；第二件，也怕大爷脸上下不来。"

谜目：刘克庄五言诗一句

谜底：尤觉可疑多

解析：《红楼梦》第六十五回，贾琏要尤二姐将尤三姐与贾珍促成好事，尤二姐听后说了此话，表示觉得不确定的事不止一件，而踏底：尤觉/可疑/多。

"三姐喜出望外，连忙收了，挂在自己绣房床上，每日望着剑"

谜目：古女冠诗目

谜格：掉头格

谜底：怀人、柳如是

解析：《红楼梦》第六十六回，柳湘莲以鸳鸯剑作为娶尤三姐的定情物，尤三姐每天就这样睹剑思人。谜底按格调为"人怀柳/如是"扣合典意。

"湘莲反扶尸大哭一场"

谜目：叱字一

谜底：心忧伤尤

解析：《红楼梦》第六十六回，尤三姐自刎后，柳湘莲才知尤是烈女，反而扶尸大哭。谜底以"心忧伤/尤"扣合典意。

"贾琏进来，搂尸大哭不止"

谜目：叱字一

谜底：心忧伤尤

解析：《红楼梦》第六十九回，尤二姐吞金自逝，贾琏搂其尸大哭。谜底以"心忧伤/尤"扣合典意。

"因想这事非常，若说出来，奸盗相连，关系人命，还保不住带累了旁人。"

谜目：古文名篇一

谜格：卷帘格

谜底：过秦论

解析：《红楼梦》第七十二回，话说鸳鸯撞见司棋偷情后，在司棋的苦求下，内心的一番权衡，谜底以"论/秦过"扣合典意。司棋，姓秦。

"指着来望候司棋"

谜目：宋词人连作品

谜格：掉头格

谜底：秦观、病中

解析：《红楼梦》第七十二回，话说司棋与其姑舅兄弟偷情被鸳鸯撞破，其兄弟也逃得无影无踪，而致病重。鸳鸯前来探望她，而按格调为"观/秦病中"扣合典意。

"她倒赖说姑娘使了她们的钱"

谜目：花卉冠种植语一

谜底：栽迎春花

解析：《红楼梦》第七十三回，绣橘指责王住儿家的（她）反咬迎春（姑娘）一口，说迎春使了她们的钱。谜底以"栽迎春/花"扣合典意。栽，捏造、嫁祸。

"故凤姐也少不得安慰他"

谜目：仇远五言诗一句

谜底：犹有惜春心

解析：《红楼梦》第七十四回，话说抄检大观园，至惜春房中来，因惜春年少，吓的不知当有什么事，凤姐少不得安慰他，而踏底：犹有/惜春/心。

"众妇女都觉毛发倒竖"

谜目：吕胜己词句一

谜底：风搅阴寒

解析：《红楼梦》第七十五回，开夜宴异兆发悲音。风过祠堂，恍惚闻得祠堂内槅扇开阖之声，风气森森，叫众妇女都觉毛发倒竖。扣合上，承上叫出"风搅（动）"，谜面扣合出"阴/寒"，而踏底：风搅/阴寒。

"贾珍酒已醒了一半，只比别人撑持得住些，心下也十分疑畏，便大没兴头起来。"

谜目：离合音字一

谜底：喝恶安欢

解析：《红楼梦》第七十五回，开夜宴异兆发悲音，风过祠堂，恍惚闻得祠堂内槅扇开阖之声，风气森森，让贾珍酒醒了一半，又惊心又没了兴头。因而踏底"喝恶/安欢"扣合典意。恶，第一声调，疑问词，哪里、怎么。

"这会子轮到自己用，反倒各处寻了"

谜目：中药名二

谜底：没药、人参

解析：《红楼梦》第七十七回，为凤姐治病需要人参，王夫人在贾府里面找不到，只有向外寻找。谜底以"没药人参"扣合典意。

"又记得堂屋里一片金光直照到我房里来，那些鬼都跑着躲避"

谜目：古代农学家一

谜格：粉底格

谜底：贾思勰

解析：《红楼梦》第八十一回，贾母让宝玉回忆那年得病时的感觉。宝玉回忆了自己病快好时的感觉，谜底按格以"贾/思邪"扣合典意。

"我想宝玉闲着总不好，不如仍旧叫他家塾中读书去罢了"

谜目：学科一

谜底：政治学

解析：《红楼梦》第八十一回，贾政要宝玉进家塾继续读书，而踏底：政/治学。

"更可笑的是八股文章"

谜目：谜目一

谜底：轻功名

解析：《红楼梦》第八十二回，宝玉上学回来与黛玉说："更可笑的是八股文章，拿他诓功名混饭吃也罢了，还要说代圣贤立言。"以贾宝玉轻视通过八股文章获得功名扣合典意，而踏底：轻/功名。

"袭人倒可做些活计"

谜目：中草药一

谜格：下楼格

谜底：绣花针

解析：《红楼梦》第八十二回："袭人倒可做些活计，拿着针线要绣个槟榔包儿……"袭人姓花，谜底按格以"花/针绣"扣合典意。

"闹闺阃薛宝钗吞声"

谜目：3字口语一

谜格：粉底格

谜底：忍一下

解析：《红楼梦》第八十三回回目，话说夏金桂在家与宝蟾闹得不可开交，薛宝钗陪同母亲前来劝解，反遭夏金桂之骂，只有忍气吞声。谜底按格以"忍/一夏"扣合典意。

"凤姐道：'你别在这里闹了。'"

谜目：叱字一

谜底：环不离王

解析：《红楼梦》第八十四回，巧姐儿生病，贾环前来探病，赖着不走。王熙凤巴不得他赶快离开，才有此语。谜底以"贾环不想离开王熙凤处"扣合典意，而缩底为：环/不离王。

"我无事，必须衙门再使费几次，便可回家了。"

谜目：旧社会贫困现象一

谜格：移珠格

谜底：叫花子多

解析：《红楼梦》第八十六回，薛蟠惹祸打死人，带信来让薛姨妈多花费银子。谜底按格（隔2字作移动）调为"子/叫花多"扣合典意。

"呆呆的看那旧诗。看了一回，不觉的簌簌泪下"

谜目：央视栏目一

谜格：移珠格

谜底：文化视点

解析：《红楼梦》第八十七回，林黛玉看到那两方手帕里夹着的诗，看后而落泪。谜底按移珠格（隔2字作移动）为"视文/化点"扣合谜面之意。

"又在南边学过几时，虽是手生，到底一理就熟"

谜目：小说武功名一

谜底：弹指神通

解析：《红楼梦》第八十七回，"林黛玉是个绝顶聪明人"，以前在南边学过几时弹琴，虽隔多年，一理又神韵即出，因而踏底：弹指/神通。

"把惜春的一个角儿都打起来了，笑着说道：'这叫做倒脱靴势。'"

谜目：《琵琶行》一句

谜底：此时无声胜有声

解析：《红楼梦》第八十七回，宝玉见妙玉与惜春静悄悄下棋，妙玉夺下了惜春的"畸角儿"，并说这招是"倒脱靴势"。谜底以"此时无声/胜有声"扣合典意。

"送果品小郎惊叵测"

谜目：节气二

谜底：夏至、大寒

解析：《红楼梦》第九十回回目，夏金桂在薛蟠出事后，通过丫头宝蟾向薛蝌送果子和酒，意欲勾引薛蝌。而薛蝌是个正人君子，感到大为惊恐。谜底以"夏至/大寒"扣合典意。

"媳妇儿忽然安静起来"

谜目：行政区域一

谜底：宁夏

解析：《红楼梦》第九十一回，金桂一心笼络薛蝌，无心混闹，薛家变得安静起来。"媳妇儿"指夏金桂，以"宁夏"扣合典意。

"司棋的母亲看见诧异，说：'怎么棺材要两口?'"

谜目：《鸿门宴》一句

谜底：此亡秦之续耳

解析：《红楼梦》第九十二回，秦司棋撞头而死，潘又安买来两口棺材。司棋的母亲很诧异，却不知道潘又安是为自己准备的。见司棋为自己而死，潘又安立即自刎。根据典意，回答谜面：此/亡秦之续耳。

"这里正因人多，甄家倒荐人来，又不好却的。"

谜目：成语一

谜底：余勇可贾

解析：《红楼梦》第九十三回，贾府此时已嫌府内人员过剩，甄家还把包勇给推荐过来，贾政因故交情面不好推却，惟有留他住下，因材而用。扣合上，谜面第一句说出贾府人员已过剩，而叫出"余"，第二、三句是贾政允许包勇留在贾府之意，而踏底：余/勇可贾。

"便献宝的似的，常常在老太太面前夸她家姑娘长得怎么好。"

谜目：泊人二

谜格：粉颈格

谜底：花荣、史进

解析：《红楼梦》第九十四回，鸳鸯之语。鸳鸯说有不少老婆子总是在老太太（贾母）面前晋自己的女儿，而按格踏底：花容/史进。老太太，史夫人。晋，进也。

"媳妇恐老太太着急老爷生气，都没敢回。"

谜目：3字学生行为

谜底：背史、政

解析：《红楼梦》第九十五回，贾宝玉丢了通灵玉，王夫人见隐不过贾母，才说此话。根据典意：背着贾母（史）与贾政，而缩底为"背/史、政"。

"宝玉听了,这会子糊涂更利害了"

谜目:通假字一

谜底:昏通婚

解析:《红楼梦》第九十七回,话说贾母采用王熙凤的掉包计,让宝玉与宝钗成亲。宝玉听说的是与林黛玉成亲,成亲时眼见的却是薛宝钗。本来就有昏愦病的宝玉,这时间更加糊涂了。谜底根据典意而叫出:昏/通婚。

"我这个丫头在家忒瞧不起我"

谜目:汪曾祺小说一

谜底:小姨娘

解析:《红楼梦》第一百回,赵姨娘听见探春将远嫁,反欢喜起来,因为寻思着探春向来瞧不起自己。"我"指赵姨娘,"丫头"指亲生女探春,谜底以"小/姨娘"扣合典意。小,轻视、小看。

"枝梢上吱喽喽发哨"

谜目:典故名一

谜底:风木

解析:《红楼梦》第一百零一回:"只听唿的一声风过,吹的那树枝上落叶满园中唰喇喇的作响,枝梢上吱喽喽发哨。"谜面中的"吱喽喽发哨"是风吹树木而造成的,故踏底:风木。

"因到家中,便有些身上发热,扎挣一两天,竟躺倒了"

谜目:字一

谜底:疣

解析:《红楼梦》第一百零二回,话说尤氏送探春起身,回到家中便得病。谜面是说尤氏得病,而踏底:疣。

"家里只有薛姨妈、宝钗、宝琴，何曾见过这个阵仗儿，却吓得不敢则声。"

谜目：节气二

谜底：夏至、寒露

解析：《红楼梦》第一百零三回，话说金桂母亲得知女儿死了，跑到薛家来。进门便闹起，薛家人吓得不敢则声。谜底以"夏至/寒/露"扣合典意。

"倘荷不弃，京寓甚近，学生当得供奉"

谜目：离合音字一

谜底：知恩甄

解析：《红楼梦》第一百零三回，话说贾雨村升了京兆府尹兼管税务，一日来到急流津渡口旁一座小庙，偶遇一个道士。他认出这个道士就是自己的恩人甄士隐，便说出此话，想以"供奉"来报答甄士隐。谜底以贾雨村知道感恩，心存感激于甄士隐而踏底：知恩/甄。

"你年纪也不小了，孩子们该管教管教，别叫他们在外头得罪人，琏儿也该听听。"

谜目：称谓一

谜底：政治家

解析：《红楼梦》第一百零四回，话说贾政被参回来后，因在外头风闻家里的坏事，遂要贾珍贾琏谨慎才好。谜面是贾政治家之语，而踏底：政/治家。

"就是大老爷暂时拘质，等问明白了，主上还有恩典。"

谜目：古代恩罪制度一

谜格：回文格

谜底：赦罪

解析：《红楼梦》第一百零五回，锦衣军查抄宁国府，将贾赦提取回衙查办。贾政恐哭坏老母，遂用此话宽慰贾母。大老爷，指贾赦。贾赦获罪，等主上问明白再将罪赦免。谜底以"赦罪/罪赦"扣合典意。

"'我如今也不要命了，和那些人拼了罢！'说着撞头。"

谜目：物理学名词一

谜底：焦距

解析：《红楼梦》第一百零五回，锦衣军查抄宁国府时，焦大要跑回西府里，看守军人不依，要押他。焦大大骂抗拒，要与他们拼命。谜底以"焦/距"扣合典意。距，通拒，抵抗。

"'我如今也不要命了，和那些人拼了罢！'说着撞头。"

谜目：灯谜名词一

谜格：白头格

谜底：蕉心格

解析：《红楼梦》第一百零五回，锦衣军查抄宁国府时，焦大要跑回西府里，看守军人不依，要押他。焦大想与守军拼命了。谜底按格以"焦心/格"扣合典意。

"雨村在轿内，听得一个'贾'字，便留神观看，见是一个醉汉"

谜目：植物学名词一

谜格：摘匾格

谜底：花苞

解析：《红楼梦》第一百零七回，贾雨村，名化。贾雨村见到的醉汉是包勇。谜底按格脱去"艹"，剩下"化包"扣合谜面。

"果见一个人躺在地下死了。细细一瞧，好像周瑞的干儿子"

谜目：岳飞词一句

谜底：何时灭

解析：《红楼梦》第一百一一回，话说周瑞的干儿子何三伙同一帮人，趁贾府众人在外忙贾母丧事而内里空虚时行盗，不料被包勇一棍打下房来。当大家前来看时，何三已死。谜底以"何/时灭"扣合典意。

"'不打谅姑奶奶也是那么病。'说着，又掉下泪来。"

谜目：古文学家一

谜格：丹顶格

谜底：刘禹锡

解析：《红楼梦》第一百一三回，刘姥姥听说贾母去世，赶紧前来哭丧，首先见到王熙凤。此为刘姥姥对凤姐之语。谜底"刘禹锡"按格以"刘语/惜"扣合谜面之意。惜，本义哀痛、哀伤。

"这也奇，他到金陵做什么？"

谜目：列人二

谜底：王何、向宁

解析：《红楼梦》第一百一四回，宝玉听人说王熙凤要到金陵归入册子去时之语。金陵，南京，简称宁。他，指王熙凤。以王熙凤干什么去金陵扣合面意，而踏底：王/何向宁。

"隔两三日要做几篇文章我瞧瞧"

谜目：学科一

谜底：政治学

解析：《红楼梦》第一百一五回，贾政在家守丧，命宝玉也在家将念过的文章温习温习，然后作文章。谜底以"政/治学"

扣合典意。

"贾政益发着急，只见那和尚嚷道：'要命拿银子来！'"

谜目：经济名词一

谜格：掉头格

谜底：活钱儿

解析：《红楼梦》第一百一五回，话说贾政听报宝玉快要死，正自着急时，和尚进来说要银子才可救活宝玉。谜底按格调为"钱/活儿"扣合典意。活儿，使儿子活过来。

"一第呢，其实也不是什么难事"

谜目：谜目一

谜底：轻功名

解析：《红楼梦》第一百一八回，宝玉之语，言下之意是可以轻易拿到功名。一第，指考功名。谜底以"轻/功名"扣合谜面之意。

"大嫂子还戴凤冠穿霞帔呢"

谜目：《红楼梦》人物一

谜底：李贵

解析：《红楼梦》第一百一九回，宝玉临考前对李纨之语。他说贾兰日后有大出息，大嫂子会尊贵起来的。大嫂子，指李纨。凤冠霞帔，指古代贵族女子和受朝廷诰封的命妇的装束。谜底以"李/贵"扣合典意。

"说的是城南蒋家的"

谜目：经典评剧一

谜格：卷帘格

谜底：花为媒

解析：《红楼梦》第一百二十回，宝玉出家后，王夫人与薛姨妈计议给花袭人配一门正经亲事。花自芳的女人将亲戚作媒，将袭人说与城南蒋玉菡。谜底按格卷为"媒/为花"扣合典意。

"只说贾雨村言"

谜目：文化现象一

谜底：讹传

解析：《红楼梦》第一百二十回，贾雨村要空空道人将《石头记》带给悼红轩里的曹雪芹，并说是贾雨村这么说的。谜底以"传化言"组成"讹传"。

"皇帝开金口，不得反悔"

谜目：《三国演义》人物二

谜格：卷帘格

谜底：许允、王建

解析：如今在安徽歙县城内，还存有举世闻名的八脚牌坊许国石坊。关于这八脚牌坊还有一段饶有兴味的传说。据说一般臣民只能建四脚牌坊，否则就是犯上。许国是地方的骄傲，如果只是造一座四脚牌坊，无法体现他的官重威显。怎样才能建造一座与众不同的牌坊呢？许国灵机一动，想了个"先斩后奏"的点子。许国建这座牌坊前后共拖了七八个月才回朝复命。由于超假，许国跪在丹墀上久默无声，皇上迷惑，责备说："朕准卿四月之假回乡造坊，为何延为八月？建坊这么久，不要说是四脚，就是八脚也早就造好了"。许国听了，顿时口呼万岁，奏称"谢皇上恩准，臣建的正是八脚牌坊。"皇帝听了哭笑不得，皇帝开金口不得反悔。就这样，许国所建的石坊也就"合法化"了。

谜底按格以"建/王允许"扣合典意。

生活随笔

1. 忆苦思甜（一）

香香土豆饭，艳艳姜葱条。
昔时翻白眼，今日变佳肴。

2. 忆苦思甜（二）

红红地瓜饭，辣辣猪脚煲。
孩童皆厌弃，老朽独逍遥。

3. 忆苦思甜（三）

鱼头菊花碗，凤爪菠菜盘。
朱门少其食，野客多此餐。

4. 忆苦思甜（四）

肉丝腌油料，包菜炒面条。
珍馐到贵府，面饭来寒窑。

5. 忆苦思甜（五）

枸杞人参酒，茴蒿肉骨排。
忧烦成昔日，快乐上灵台。

6. 高考凯旋

宝刀出鞘日，金榜题名时。
锦路铺花朵，春风伴马蹄。

7. 君子有量

一樽生啤饮如汤，两个盒饭吞似狼。
人讥鄙人真饭桶，我笑君子小鸡肠。

8. 端午追思

小人当道日，忠者葬江时。
汨罗随水去，端午把名题。

9. 忧从中来

淫雨天直泻，大塘水横流。
旧恨方离去，新愁又驻留。

10. 自得其乐

几首宋词生喜悦，一壶龙井却孤单。
不参世间扰乱事，惟享方寸逍遥天。

11. 味道真好

淮山加枸杞，玉米炖猪排。
助气提神到，滋阴补肾来。

12. 喝饱睡足

鹅肉配啤酒，蒜头蘸酱油。
酒肉穿肠过，神仙入梦游。

13. 达人知命

贫寒去日物成非，富贵来时人转老。
芸芸众生流鄙俗，默默唯我显清高。

14. 年老牙衰

酸酸脆红李，硬硬番石榴。
见童口中咬，欺我唾沫流。

15. 举杯邀月

今宵月光静，往事潮水盈。
无计留春住，遂心把酒倾。

16. 老有所养

离开股海去铜臭，进入书山闻墨香。
吟诗作对成乐趣，养性修心享宁康。

17. 寄远方人

大暑秋风扫，前庭树叶飘。
客乡心戚戚，桑梓路迢迢。

18. 秋风乍起

大暑西风起，深闺镇夜啼。
此宵频嘱咐，明日久分离。

19. 七夕有感

一年一聚会，几度几分离。
不及人间处，终成旦暮依。

20．读《红楼梦》（一）

自古穷通皆定数，为今爱恨亦无边。
封侯赐爵难三代，顺性修心易百年。

21．读《红楼梦》（二）

红楼覆巢卵，冷月寒鹤塘。
世事真难辨，人间假易扬。

22．忆昔种柑

满园柑树溃疡病，蓝叶粉枝波尔多。
邻畦老农问技法，大胆新手掏心窝。

23．共度良宵

鹳巢兴灯首，牛织会鹊桥。
王母应有悔，世间竟相邀。

24．今宵珍重

暮日犹如金璧合，银河宛转鹊桥成。
鹳巢花灯逢七夕，才子玉女表心声。

25. 花开堪折

暮日西风起，黄花素手栽。
今夕瞧我绽，晚秋见谁开。

26. 人过四十

炎炎夏日徐徐落，瑟瑟秋风渐渐吹。
为有壮志当年立，尚难华篇不惑垂。

27. 天降大任

种菜灌园昔刘备，耕田观世先卧龙。
谁人识得春风面？俊杰经由大雪冬！

28. 命当如此

满地枯叶北风卷，浑身厚棉前路难。
劳碌终究命一世，奔波只为日三餐。

29. 冬日赶集

朝阳冉冉冷灰色，大路稀稀寒薄衣。
问君缘何行得早，回我只怕市将迟。

30. 冬雨有感

能润童颜长，可催鹤发匀。
随风潜万物，任意迎一春。

31. 北风有感

沙飞石亦走，叶脱腰还弯。
愁死瘦飞燕，爽歪肥玉环。

32. 防不胜防

皮袄才脱心情好，北风又吹玉体寒。
从今及后懂滋味，乍暖还寒知易安。

33. 且喝且睡

饭饱酒足惟思睡，愁深忧多不绕心。
人生难得圆美梦，世事易抛度光阴。

34. 醉了醉了

合当誓拟刘伶醉，为有情同阮嵇贤。
世上无求非寡乐，人间有味是清欢。

35. 鼠占先机

鼠无大小皆称老，人有贤愚尽是凡。
老鼠不须愁硕果，凡人犹得盼丰年。

36. 守岁独酌

今岁今宵尽，此时此酒丰。
无须待贤士，只为成醉翁。

37. 莺为谁啼

日暮悲生幽静杏，林间倦倚扰啼莺。
何时识得春风面？只有相思梦里亭！

38. 廉颇老矣

黄鹤楼上黄鹤飞，情人岛间情人走。
问花岁岁为谁开，凭酒年年独自逗！

39. 知天命矣

乌发纵然缠万贯，白头难得享千年。
人生有酒当作乐，世事无边且偷闲。

40. 中秋赏月

长生无妙药，养性有灵丹。
嫦娥应后悔，万古成闲谈。

41. 榴花自赏

深院榴花吐，暖风方寸开。
非得重聚散，莫如自荣衰。

42. 唯爱深秋

昨夜西风凋碧树，今朝旭日照红枫。
未经霜露颜虽秀，焉及苦寒色更增。

43. 冬阳犹寒

北风徐徐起，黄叶瑟瑟残。
忽思昨宵别，犹觉今日寒。

44. 独立韩堤

江面流声急，暮秋落日黄。
何时得归宿？是夜将断肠！

45. 寸肠寸断

一生将半世，何日是圆时？
问花花不语，留梦梦难期。

46. 席间戏寿

今行五十运，晚饮黔江春。
笑寿同祈福，延年共祝君。

47. 春在何处

地面黄花乱，枝头彩蝶残。
依依无意绪，郁郁绕心间。

48. 名垂千古

今逢敬老节，正立包公祠。
乾坤纵使转，日月当随移！

49. 九月荷塘

登高在重九，满眼浮败荷。
我若为青帝，花当不老歌！

50. 九月十五

明月三五夜，彩灯万千人。
龙湖歌盛世，古寨喜盈门。

51. 冬至春近

几日寂寥生病后，一番愉悦煮茶中。
今夜北雪依然紧，下年春花别样红。

52. 恋被真好
——咏冬至夜

他乡故知题金榜，久旱甘露烛洞房。
人生此乐何其短，被恋今宵是最长！

53. 元旦三日

日日深杯酒满，时时半卷书香。
何须苦求人外？自有甜美梦乡。

54. 游潮汕路

身迎晚日风吹面，脚踏单车口吊烟。
尽看路人颇忙碌，犹知方寸好空闲。

55. 且行且饮

假日悠闲凭烈酒，春光懒困倚微风。
问君功名几日乐？随我粪土时时逢。

56. 吾心安处

仲春日光暖，公路车马喧。
欲求人从众，心远地自偏。

57. 褪去青涩

忽看乌丝掺白发，何悲岁月换青颜。
少年入梦成追忆，今夜逢君变笑谈！

58. 屋边除草

肉填肚里成营养，丝塞牙缝可害疼。
只因野火烧无尽，唯怕春风吹又生。

59. 斩草除根

依屋草何紧，及春根一新。
何成芒刺眼？不得主人心。

60. 自我调节
——体考观感

三千时效暗得意，八百米场终揪心。
世间安得双全法？方寸且抛一半阴。

61. 黑色六月
——题不第者

阴云满天雨漱漱，败叶飘地风嗖嗖。
一波未平一波起，诸事难顺诸事忧。

62. 塞翁失马
——题不第者

午间闷热卧听雨，床下冗繁横躺书。
纵使此时功名落，焉知今后福禄无？

63. 唯我独伤

夜赏灯光秀，人喧广济桥。
顷刻心黯黯，未来路迢迢。

64. 酩酊五一

何以招贵客？廿年启茅台。
墨客兰亭逊，风骚陋室来。

65. 食事为大

日高路远雨将至，心急肠饥车又繁。
唯贪酒食唯贪味，不慕鸳鸯不慕仙。

66. 立夏午作

古言清和在首夏，今见酷热于中天。
次第岂无风兼雨？心头徒有苦与寒。

67. 孝行当先

诗人美萱草，儿女植北篱。
偏重老人节，未如莱子衣。

68. 午夏观感

狗垂舌头趴地板，鸡展侧翅卧花旁。
静观诗书夏日永，闲赏景物心田凉。

69. 途半避雨

狂雨消暑气，劲风惹秋思。
人生几多累？此刻情绪低。

70. 今宵喜雨

秋风伴随夜，夜雨邀入冬。
事置心头外，情游梦里中。

71. 秋日闲居

雨霁秋空远，风吹木叶偏。
手中红楼梦，身右鸭屎香。

72. 九月十五

中秋月圆人共盼，此夜光满我尤思。
金风一送惟九月，玉露相逢正当时。

73. 今宵易安

不意枝头秋叶坠，当心夜半北风寒。
一壶烈酒热肠里，千种柔情温被间。

74. 醉同其乐

春花秋月何时了，海味蚁醅此刻空。
人生有趣失行乐，世上无由留醉翁。

75. 晚来风急

三件棉衣难御冷，半斤米酒略驱寒。
此情此景求何者？今世今生少易安。

76. 家有娇妻（一）

须臾暮云合，刹那寒气增。
问妻端酒料，抬手掷花生。

77. 家有娇妻（二）

雨景殊难绝，风声渐作威。
寒衣旧熨帖，暖意新包围。

78. 坐享其成

鲜虾盛里面，佐料秀中间。
问谁施巧手？乖女展欢颜。

79. 饱而不渴

青菜炒长面，绿茶当热汤。
祖辈持家俭，儿孙把德扬。

80. 这边独好

草地抬头处，桑间落日时。
偶尔闻群语，悠然爱独思。

81. 邀抓影子

夕阳无限好，兴趣一何饶。
闲情影子踩，广场孩童邀。

82. 读书何益
——老来自嘲

眼睛昏花讨，肢体懒惰招。
圣儒高未有，阿桂贱难逃。

83. 心急如焚

晚来天欲雪，车去路难前。
正忧老人饿，犹恐儿女寒。

84. 礼俗当哭

鸡声踏晓呼，女眷开门出。
行嫁何泣泣，别娘是呜呜。

85. 闲情逸致

香香北芪酒，滚滚牛肉锅。
问君何事有，因我雅情多。

86. 吹梅笛怨

苦忆前宵里，难分此夜中。
人面何处去，笛声绕梁同。

87. 哀烤地瓜

形丑皮乌黑，味香肉嫩黄。
乾隆治疾病，百姓充饥荒。

88. 今宵难耐

冬日犹减暖，北风骤增寒。
如问宋才女，寡言今易安。

89. 此雨何惧

亚岁沙沙下，一阳隐隐生。
无因外物改，可顺天然成。

90. 冬至汤圆

嫩白尤中看，芬芳可与言。
年轻不解意，意解不轻年。

91. 古刹伤古

修竹隐深寺，大钟穿密枝。
玄机文帝访，夜半贾生期。

92. 送神寄语

送神辞牛岁，鸣炮助虎威。
世人闹灾难，天帝当作为。

93. 醉在今宵

子夜送神后，鹅肠端酒前。
形如醉李白，貌似疯诗仙。

94. 新年寄语

今岁今宵尽，此生此运临。
词馆盈瑞气，学堂报佳音。

95. 告梅尧臣

尧臣岂料古诗意，教亮当成文虎皮。
世间安得两全法，今日正逢同一时。

96. 农家孩子

寒雨临晚落，冷风入窗多。
厚厚花棉袄，红红小酒窝。

97. 今日雨水

雨水斜风助，梅花傲气舒。
销魂赏三弄，共我吟一书。

98. 春归梦里

商羊领旨令，大地寒生灵。
春雨何时了？被窝梦里晴。

99. 顺时而发

银丝何用染，白发任凭生。
愚人曲意就，智者天然成。

100．归途即景

夕照迎头真惬意，春风作伴好还家。
路上流连目极致，胸中放荡思无涯。

101．春暖花开

春日闻鸟啭，屋旁赏花开。
易安倘伤感，帘外还笑来。

102．亦题菊花

元亮清高意，菊花隐逸诗。
百卉消亡后，黄巢脱颖时。

103．题报年红

红花浑欲艳，绿叶悄无言。
幽幽可延寿，灼灼惟报年。

104．题长春花

丽质天生色不逊，柔身自带香难寻。
梅妒兰羞招俗客，性疏迹远慕长春。

105. 赏长春花

四时常呈艳，终岁不避寒。
依雨开天地，顶风傲世间。

106. 爱长春花

丽日融融照。轻风袅袅摇。
春去花还在，夏来色更娇。

107. 恋长春花

笑容常开轻冷暖，飞蝶不惹度春秋。
纵使牡丹称绝艳，一离骚客叫堪忧。

108. 盆栽之哀

本为自然在，偏向门口栽。
今日朝我笑，暮春替谁开？

109. 修绛珠草

正当孟春剪，方可枝叶添。
绛珠因痴泪，千古造孽缘。

110. 任其飘零

朝花得夕拾，意懒因心痴。
谁人埋骨冢，黛玉把锄时。

111. 六安瓜片

眼阅红楼尝瓜片，心怀妙玉养舜颜。
细品方知曹霑寓，深思顿悟贾母嫌。

112. 悠然自得

一卷旧本时光遣，三杯浓茶口里香。
避开逐利尘凡扰，偷得浮生半日闲。

113. 吃蔗杂感

甘蔗欺我老，软牙咬皮凹。
还且持不舍，必将痛难熬。

114. 料峭二月

屋角斜昏照，春风似剪刀。
孰知寒黑夜，花落数明朝。

115. 家祭无忘

祭品盛多呈桌面，香烟缭绕接阴间。
入乡尚且随风俗，为后应当奠祖先。

116. 落英缤纷

落花地中现，伤感心里添。
易安倘遭遇，帘下难笑言。

117. 落花随感

昨宵飘一瓣，今早落三番。
坠势殊难已，回心便可安。

118. 寻思未果

夜抱刘伶瓮，形同李白疯。
问花花不语，寻月月无声。

119. 说变就变

春雨东风软，黑云霹雳寒。
若言上天快，焉及人脸翻。

120．楼上观雨

墨云何处散，春雨几时休。
矫矫双飞燕，幽幽独上楼。

121．长夜思酒

三杯尚嫌淡，两盏难御寒。
家贫未由得，夜冷无以安。

122．题崔莺莺

昨宵衾被暖，今日影子单。
感时花溅泪，移步恨摧肝。

123．雨晴独步

雨容止还续，天意寒未舒。
易安何以戚？枝上落花疏。

124．后继有人

夜来师说何人读，心逐壁邻少女舒。
韩愈昔收蟠子弟，李家今得女门徒。

125. 酒添春困

天高风柔只觉软，饭饱酒足惟思眠。
人常作梦槐安国，我且安神刹那间。

126. 倾囊而出

春雨绵绵酒中伴，肉鸡艳艳盘里鲜。
问渠哪得清如许？知我贫寒傲这般！

127. 我心飞扬

夜来风雨晓还晴，珠去草花春自好。
仰天大笑出门去，闲步欢歌终日高。

128. 探春随感

晚春野芳日，初夏泥味时。
物理难明换，人情总暗移。

129. 时来运转

十年行大运，孤鹤脱鸡群。
何当日千里，翼展居白云。

130．面朝大海

阴空正任性，晚雨刚消停。
忘机鸥自下，倾酒境尤清。

131．我自悠然

簌簌梢摇飘花瓣，哗哗水落入夏天。
卧听江南风吹雨，欹枕梦里李易安。

132．韩堤赏景

一对雏莺飞雾里，谁家少妇浣堤边。
梦醒江淹笔已失，词工柳永情难堪。

133．我心悠然

夏雨停还续，乌云卷又舒。
阴晴乃天意，爱恋留尺书。

134．今夜酒约

乍舒乍卷云无定，时暗时明雨续停。
乐事如今难准拟，愁容趁夜可消凝。

135. 独抱其乐

昼长终入夜，心静便亡机。
畅听风吹雨，闲品酒伴诗。

136. 花亦无语

忧离诉落落，落落诉离忧。
碎心花前问，何事雨久留？

137. 亦喜亦悲

——赠华师友

一离三十载，偶聚通天香。
此间无限兴，其后有穷年。

138. 悠然自得

屋檐鸟孤啭，墙角花自妍。
天地无限大，世间有余闲。

139. 赏富贵竹

夏日盈盈照，南风袅袅摇。
一枝将独秀，终岁自逍遥。

140. 小富贵竹

群芳争富贵，一意慕崔嵬。
自言志高远，风起头下垂。

141. 闲赏海棠

狂风更显柔中韧，烈日犹增绿里红。
一身醉意情难了，长夏花神爱未穷。

142. 逝者如斯

淡黄云中月，羞涩巷里人。
低头正后顾，眨眼偏西沉。

143. 今日立秋

昨夜西风换，今朝夏热残。
何人易悲意？宋玉难淡然。

144. 新秋雨中

天昏地暗秋雨降，草润花舒夏温凉。
犹仿诗豪赋笔下，且从梦得无心伤。

145. 杜少卿赞

疏财不求报，及第惟可抛。
若言情爱贵，堪与项王高。

146. 知否知否

阴阴秋雨后，黯黯海棠前。
问花花不语，噙泪泪难翻。

147. 寄李清照

黑云压压秋空稳，寒雨丝丝玉臂沉。
无言绣被添层泪，剪烛西窗少个人。

148. 秋雨大作

乌云裂闪电，密点敲残山。
凭栏忍谁问，顾影堪自怜。

149. 中秋赏月

年轻不识月，月识不轻年。
无悔偷仙药，有心伴世间。

150. 宴酣之乐

呼朋唤友行一宴，饮酒抽烟划三拳。
世态炎凉焉及虑，人生得失且为欢。

151. 老当益壮

覆射猜拳千杯兴，吟诗作对七步行。
宜将剩勇追李白，敢叫残年胜刘伶。

152. 酒欺我老

千杯斗盛宴，一刻呈颓颜。
问今是何世？言我非壮年。

153. 月夜咏怀

露从今夜降，风自此时凉。
鄜州忆儿女，玉臂怜杜郎。

154. 冬天来了

北风吹面日，南国入冬时。
短长呈放彩，三九乱穿衣。

155. 今夜难眠

夜来期一梦，时去过三更。
老骨寒冬月，新愁惧北风。

156. 脚踏单车

凉凉九月余晖照，慢慢单车小道摇。
静观世人匆忙劲，闲赏花木自在娇。

157. 十月初一

霜风晚来起，木叶登即移。
小儿念慈母，慈母缝厚衣。

158. 诸事可抛

风清日高床上睡，饭饱茶足眼皮垂。
人世安得双全就？梦中只求一样回。

159. 饮少辄醉

三两海参酒，一斤牛肉丸。
何时恋词女，此刻思易安。

160. 酒醒何处

无意逢鹅宴，有心醉八仙。
问君何能尔？扶我柳岸边。

161. 冬夜即事

融融烛光睡未稳，阵阵更鼓思犹深。
枕上轻寒窗外雨，心间炽热梦中人。

162. 今日立冬

入冬难变暖，临夜易增寒。
冥冥成定数，郁郁少新欢。

163. 冷月无声

寂寥高天远，萧瑟旷野寒。
闹心旧时月，何事今夜圆。

164. 但愿长醉

年轻便饮酒，酒饮便轻年。
颠狂思放荡，荡放思狂颠。

165. 吉星高照

今夜无意望，此星有情张。
问君排第四，回我是文昌。

166. 矢志不渝

那年花开后，如蝶戏舞前。
其归约同道，且守临暮年。

167. 乍暖还寒

暮日东风暖，今宵万物寒。
谁解其中味，易安已晚年。

168. 萧萧冬雨

地暗天昏日已晚，风斜雨冷衣犹单。
倚遍阑干无情绪，归来卧室伴易安。

169. 自古皆然

端午临中夏，世间祭屈平。
佞臣唯得用，贤者不能鸣。

170. 今夜尤冷

举目乌天看，淋身细雨寒。
清照此时约，杜康今夜欢。

171. 我自飘然

才饮人参酒，又尝鸭屎香。
陆羽空茶圣，刘伶负酒仙。

172. 风中漫步

枯叶北风卷，厚衣身上添。
人生才几载，眼看又一年。

173. 路上随感

日出尤嫌软，风吹甚觉寒。
天地无常数，智明可泰然。

174. 今夜送神

年年兴此夜，户户祭三牲。
唯祈百姓福，莫笑农家风。

175. 情系大雪

北国如飞絮，胡儿拟撒盐。
情系江南客，意迷大雪天。

176. 寒雨路上

斜风吹子月，细雨上潮州。
不念穿衣薄，何当有此忧。

177. 人在何处

薄暮阴风急，临窗冷月迟。
念念相思远，寥寥寂寞知。

178. 陶后鲜闻

寒夜拈来吟百首，旧书掩去叹三声。
孤标傲世偕谁隐，一样高情与我生。

179. 阿Q精神

蓝蓝悬日照，暖暖晒天桥。
拟抓王胡虱，无折权贵腰。

180. 昨夜今晨

一夜南柯娶公主，半窗旭日斜眼前。
自古熏心皆富贵，从今养性辄悠闲。

181. 花自开落

莺愁傍日夕，蝶倦空花枝。
任去君休怨，重来我莫期。

182. 老有所乐

临风依碧槛，把酒问青天。
韶华随逝水，雅趣委残年。

183. 花为我开

海棠花正发，春雨意方佳。
人间寻伴侣，伴侣在吾家。

184. 闲步探春

春日微风发，碧空暖气佳。
侧耳闻啼鸟，低头见落花。

185. 立春堤行

阴阴立春日，答答迎雨时。
人间应未感，岸柳已先知。

186. 元宵随感

元宵伴雨至，璧月无心期。
焉伤外物缺，自有情人怡。

187. 正月十七

社鼓满乡如地动，烟花千树向天冲。
犹念易安夜间怕，欲邀词女帘下从。

188. 何足道哉

二月春风剪，台阶树叶添。
萧综悲不已，异志感难攀。

189. 新晴之喜

久雨初晴空山净，娇阳正出老眼明。
犹言一年春好处，绝胜金榜题名时。

190. 多情自嘲

春露迎新日，肉芽发旧枝。
谁解其中味，众嘲在下痴。

191. 赞贾宝玉

谁道补天是顽石，岂闻施露为善因。
高情不入时人眼，后世才知宝玉心。

192. 斯是谜室

纵横中外事，驰骋古今谜。
谈笑同获趣，往来共求知。

谜友之花

1. 春寒思酒

李教亮

潮州春雨连日夜，孔府酒香荡心胸。

天若有情天亦老，爱如无憾爱将终。

制谜者：广东汕头　翁雪华

"春寒思酒"　　　　　3字餐饮词— 　　　　冷冻品

"潮州春雨连日夜"　　带目格　　　　　　地名一、天水

"孔府酒香荡心胸"　　词牌名— 下楼格　　喜春来

"天若有情天亦老"　　字— 　　　　　　惹

"爱如无憾爱将终"　　5字驾驶用语— 　　系好安全带

2. 冬至汤圆
李教亮

嫩白尤中看，芬芳可与言。
年轻不解意，意解不轻年。

制谜者：广东潮州 洪树河

"冬至汤圆"	医嘱语一	节食
"嫩白尤中看"	体育项目连预测语 2＋4	柔道、不相上下
"芬芳可与言"	银行卡类一	香白
"年轻不解意"	教学用语一	小结
"意解不轻年"	交通用语一	开重载

3. 今日立秋
李教亮

昨夜西风换，今朝夏热残。
何人易悲意？宋玉难淡然。

制谜者：广东潮州　洪树河

"今日立秋"	穴位一	阳白
"昨夜西风换"	杜牧诗目一	秋夕
"今朝夏热残"	9笔字一	炟
"何人易悲意"	北宋诗人一	胡楚
"宋玉难淡然"	中分离合字一	心愁秋

211

4. 杜少卿赞

李教亮

疏财不求报，及第惟可抛。
若言情爱贵，堪与项王高。

制谜者：广东潮州　洪树河

"杜少卿赞"	社交名词一	礼仪
"疏财不求报"	离合字一	仪人义
"及第惟可抛"	《聊斋志异》篇目一	小官人
"若言情爱贵，堪与项王高"	离合字二	心不怀、他人也

5. 冬天来了

李教亮

北风吹面日，南国入冬时。
短长呈放彩，三九乱穿衣。

制谜者：广东潮州　洪树河

"冬天来了"	黄庭坚诗目一	春近
"北风吹面日"	时间名词二	冬天、白天
"南国入冬时"	成语一 卷帘格	水火之中
"短长呈放彩"	物理名词一 秋千格	光程
"三九乱穿衣"	5字服装名词一 遗珠格	冬季迷彩服

制谜者：浙江宁波　赵世师

"冬天来了"	4字时间用语一	第三季度
"冬天来了"	2字农业名词一	秋收
"北风吹面日"	探骊 2+2	时令、入冬
"南国入冬时"	于谦作品一	北风吹
"短长呈放彩"	戏曲角色一	杂色
"三九乱穿衣"	4字服装宣传语一	时尚百搭

6. 今夜难眠

李教亮

夜来期一梦，时去过三更。
老骨寒冬月，新愁惧北风。

制谜者：广东潮州　洪树河

"今放难眠"	中药名一	黑苏
"夜来期一梦"	百家姓一	林
"时去过三更"	游目	丑
"老骨寒冬月"	食物连贮藏方式	肉皮、冷冻
"新愁惧北风"	中医脉象术语二 脱靴格	秋毛、冬石

制谜者：浙江宁波　赵世师

"今夜难眠"	《三游洞序》一句	通夕不寐
"夜来期一梦"	植物名词一	木本
"时去过三更"	戏剧角色一	丑生

| "老骨寒冬月" | 2字电器术语— | 弱冷 |
| "新愁惧北风" | 人体名词— 秋千格 | 寒毛 |

7. 十月初一
李教亮

霜风晚来起，木叶即登移。
小儿念慈母，慈母缝厚衣。

制谜者：广东潮州　洪树河

"十月初一"	天干—	壬
"霜风晚来起"	地支—	午
"霜风晚来起"	动物—	牛
"木叶即登移"	网络词—	快落
"小儿念慈母"	《庄子·人世间》一句	子之爱亲
"慈母缝厚衣"	西药—	妈咪爱

8. 今日立冬
李教亮

入冬难变暖，临夜易增寒。
冥冥成定数，郁郁少新欢。

制谜者：广东潮州　洪树河

| "今日立冬" | 12笔字— | 湆 |
| "入冬难变暖" | 《风云争霸》角色— 掉头格 | 易水寒 |

214

"临夜易增寒"	人体名词一	黑毛
"冥冥成定数"	数量词一	一打
"郁郁少新欢"	郁达夫作品一 掉头格	故都的秋

制谜者：广东揭阳　方召文

"今日立冬"	隐目	歌曲、节气
"入冬难变暖"	4字中医用语一	四季寒凉
"临夜易增寒"	电视剧目一	黑冰
"冥冥成定数"	潮俗语一 脱帽格	呾死莫变
"郁郁少新欢"	朱淑真诗目一	旧愁

9. 但愿长醉

李教亮

年轻便饮酒，酒饮便轻年。
颠狂思放荡，荡放思狂颠。

制谜者：广东潮州　洪树河

| "年轻便饮酒，酒饮便轻年。颠狂思放荡，荡放思狂颠。" | 文学名词连词牌名 | 回文诗、字字双 |

制谜者：广东揭阳　方召文

"但愿长醉"	中药一 秋千格	麻巴
"年轻便饮酒"	文艺形式一	小品
"酒饮便轻年"	高校招生名词一 秋千格	少干

| "颠狂思放荡" | 中医用语— 卷帘格 | 除心病 |
| "荡放思狂颠" | 汽车品牌— | 自由风 |

制谜者：浙江宁波　赵世师

"但愿长醉"	2字玩具品牌—	乐高
"年轻便饮酒"	2字文艺形式—	小品
"酒饮便轻年"	古官职冠官阶 3＋2	从一品、少保
"颠狂思放荡"	2字歌曲—	风浪
"荡放思狂颠"	多字成语半句	任凭风浪起

10. 吉星高照
李教亮

今夜无意望，此星有情张。
问君排第四，回我是文昌。

制谜者：广东潮州　洪树河

"吉星高照"	《倚天屠龙记》地名—	光明顶
"今夜无意望"	2字歌名二	莫非、心愿
"此星有情张"	《水浒传》人物—	卜青
"问君排第四"	3字命理学用语—	盘主星
"回我是文昌"	古代称谓—	本宫

216

11. 矢志不渝

李教亮

那年花开后，如蝶戏舞前。
其归约同道，且守临暮年。

制谜者：广东潮州　洪树河

"矢志不渝"	《新甘十九妹》角色一	李铁心
"那年花开后"	5字统计用语一	十二月费用
"如蝶戏舞前"	字一	变
"其归约同道"	语文名词一	反语
"其归约同道"	白居易诗目一	赠言
"且守临暮年"	陆游诗目一 秋千格	老将

制谜者：浙江宁波 赵世师

"矢志不渝"	学校称谓一	定向生
"那年花开后"	传统节日一	岁除
"如蝶戏舞前"	戏剧角色一	跳虫
"其归约同道"	4字音乐专辑选择语一	还要《朋友》
"且守临暮年"	称谓一 秋千格	老伴

12. 乍暖还寒
李教亮

暮日东风暖，今宵万物寒。
谁解其中味，易安已晚年。

制谜者：广东潮州　陈允雄

谜面	谜目	谜底
"乍暖还寒"	国际名词一	温战
"暮日东风暖"	歌曲二 2＋4	晚春、感觉温和
"今宵万物寒"	历史学名词一 脱帽格	昭莫多之战
"谁解其中味"	《无间道》人物一	甘生
"易安已晚年"	明末清初诗人一	李青

13. 今夜尤冷
李教亮

举目乌天看，淋身细雨寒。
清照此时约，杜康今夜欢。

制谜者：广东潮州　陈允雄

谜面	谜目	谜底
"今夜尤冷"	杜甫诗目一	暮寒
"举目乌天看"	电影《谜城》人物一	张黑
"淋身细雨寒"	物理名词一	冷水体积
"清照此时约"	少笔字一	木
"杜康今夜欢"	葡萄酒品牌一	黑品乐

218

制谜者：浙江宁波　赵世师

"今夜尤冷"	曹勋词一句	晚寒浓
"举目乌天看"	歌手一	张雨生
"淋身细雨寒"	气候名词一	湿冷
"清照此时约"	古龙小说人物一	李寻欢
"杜康今夜欢"	文徵明五言诗一句	晚得酒中趣

14. 风中漫步
李教亮

枯叶北风卷，厚衣身上添。
人生才几载，眼看又一年。

制谜者：广东潮州　洪树河

"风中漫步"	书法术语二	行气、行款
"枯叶北风卷"	字一	枫
"厚衣身上添"	服装名词一	防寒服
"人生才几载"	姓氏一	仇
"眼看又一年"	宋人二 蕉心格	张复、张载

219

15. 路上有感

李教亮

日出尤嫌软，风吹甚觉寒。
天地无常数，智明可泰然。

制谜者：广东潮州　洪树河

"路上有感"	《进学解》一句	行成于思
"日出尤嫌软"	摄影名词一	柔光
"风吹甚觉寒"	气象名词一	冷气流
"天地无常数"	时间别称一	人定
"智明可泰然"	隋唐高僧一	慧安
"智明可泰然"	福建地名一 白头格	惠（慧）安

制谜者：广东揭阳　方召文

"路上有感"	唐高僧一	行思
"日出尤嫌软"	4字摄影名词一	光线不足
"风吹甚觉寒"	古籍一 秋千格	毛诗
"天地无常数"	4字中医用语一	阴阳变化
"智明可泰然"	食品品牌一	聪安

16. 情系大雪
李教亮

北国如飞絮，胡儿拟撒盐。
情系江南客，意迷大雪天。

制谜者：广东潮州　洪树河

"情系大雪"	何冠巡歌曲一 掉头格	博爱天下
"北国如飞絮"	地理学名词一	雪域
"胡儿拟撒盐"	清代诗人一	谢雪
"情系江南客"	动物学用语一 双钩格	水鸟属性
"意迷大雪天"	外国电影一	爱在冬日

17. 老有所乐
李教亮

临风依碧槛，把酒问青天。
韶华随逝水，雅趣委残年。

制谜者：广东潮州　洪树河

"老有所乐"	《锦绣未央》角色一	李常喜
"临风依碧槛"	梅尧臣作品冠体裁 粉底格	诗、石兰（栏）
"把酒问青天"	唐诗人连诗目 2＋2	方干、春日
"韶华随逝水"	四字歌曲一	时光如流
"雅趣委残年"	杜甫诗目二	遣兴、岁暮

谜评文章

《李教亮谜荟》谜评一则

湖北武汉　谭艺馨

"秋千竞出垂杨里"

谜目：传统农具一

谜底：柳斗

赏析：谜面采撷唐朝著名诗人王维的《寒食城东即事》"蹴鞠屡过飞鸟上，秋千竞出垂杨里"中的一句。描写玩耍时的快乐场景，把球踢得比鸟还高，秋千在垂柳中荡得很快，烘托出大家内心的愉悦之情。反复细读谜面，很自然地发现作者在这则灯谜里暗藏了"秋千格"。所谓"秋千格"，又名"转珠格""颉颃格"，谜底限定两字，前后位置互移后扣谜面。知道了这个小常识后，我们将谜面顿读一下：秋千/竞出/垂杨里。①"秋千"提示这则灯谜用的是"秋千格"；②"竞出"，比赛、竞争、争斗之意也。会其谜意取"斗"字扣合；③"垂杨里"，在诗词文章里面，"杨柳"二字是经常不分开的。那么从谜面"垂杨里"就会很自然想到用"柳"字扣合谜面。找出"斗、柳"这2个字读一读，是不是"斗柳"？现在我们按谜作者的提示"秋千""荡"一下，是不是刚好变成"柳斗"？而且，这么一"荡"，营造了底字"斗"的别解，增添了谜味。这则灯谜挺有意思，我很喜欢。

读李老师灯谜有感

广东潮州　洪树河

一直以来，我每天都关注李老师的灯谜，在猜射的过程中享受乐趣，也学习到各种知识。李老师的灯谜，知识面广、趣味性强、灵活性强，而且非常严谨，基本上都以诗句为面。入道不久的朋友，一时可能难以猜射，需要一次一次地琢磨，找到突破口，掌握扣合技巧。如：

"心目益凄断"

谜目：文学体裁三

谜底：新诗、读后感、悲剧

如果从谜面的"心，目，益，凄，断"逐字去别解，可能会觉得没有头绪。我第一次猜时，得出了"观后感悲剧"，这是突破口。灯谜就是这样，有其知识性，必须了解谜面的出处、作者，甚至作者生平、某些代表作等。有了这个突破口，再从上下句去寻思。谜面出自宋代王之道《次韵陈勉仲登群山观》："因君寄新诗，心目益凄断。"承上句叫出"新诗"，以"新诗/读后/感悲/剧"典扣，顺理成章，没有一点拖泥带水，扣合严谨贴切，非常巧妙。又如：

"不知跬步间"

谜体：探骊

谜底：行当、小生

该谜面也是出自同首诗，但在猜射的思路上，变得更加灵活。从谜面的字眼入手，"不知"就是不明白、不熟悉、陌生，可以扣"生"，但"跬步间"怎么解？此谜为探骊，探骊谜比较难，它没有明确的谜目，需要谜目连谜底一起读出来扣合谜面。"跬步"就是"行走半步"，行的距离很小，我想到了"行当"，而行当中有小生的角色，"不知跬步间，游览有奇观"。"跬步间"，形容走很小一段距离。以"行当小/生"典扣，这样子谜底"行当/小生"就活现出来，合乎谜面之意，十分灵活有趣。再如：

"不知跬步间"

谜目：戏剧名词一

谜格：秋千格

谜底：武生

同个谜面，李老师又灵活转变思路，猜戏剧名词，从上一谜"行当/小生"，我顺着"生"字突破，寻思戏剧中各个生角，有小生、老生、武生。第一次猜小生，不中，排除了老生，剩下武生，寻找了武字的释义，有"半步"之意，这样谜底按格调为"生武"扣合谜面，落地有声，妙趣横生，显示了谜语的灵活性、知识性、趣味性。

李老师谜作赏析三则

广东潮州　吴清梅

"何须浅碧深红色"

谜目：病名简称一

谜底：甲流

赏析：谜面出自李清照《鹧鸪天·桂花》："何须浅碧深红色，自是花中第一流。"花，当然是以红为美的，至于碧牡丹、绿萼梅就更为名贵了。但这些，桂花都没有。而词人认为，内在美，比外在美更为重要，所以用"何须"二字，把各种名花一笔抛开，突出了桂花色淡香浓，断定她是"花中第一流"。李老师以承上启下的法门扣合"自是花中第一流"，那桂花自然是"甲流"了。扣合熨帖，浅显易懂，不加修饰，自然成趣，实属难能可贵!

"妻子呵呵"

谜体:反探骊

谜底:家、小说

赏析:谜面出自乔吉《渔父词》:"渔家过活,雪篷云棹,雨笠烟蓑。一声欸乃无人和,妻子呵呵。包古今不宜时短褐,泛江湖无定处行窝。休扶舵,轻将棹拨,江上月明多。"这是一首描写渔家无拘无束生活场景的词,融入大自然使人神往。李老师以"妻子呵呵"入面,"妻子"古时指"妻子和子女",扣合出"家小",以"呵呵"扣"悦",而"说"通"悦"扣合,谜底一目了然,无晦涩之痕。通过此谜,我感受到作者非常热爱生活,不求轰轰烈烈,只求平平淡淡,是一位对家庭有担当的人。

"与问坐中人"

谜目:车辆配件一

谜格:秋千格

谜底:牙盘

赏析:谜面出自张孝祥《菩萨蛮》:"恰则春来春又去。凭谁说与春教住。与问坐中人。几回迎送春。明年春更好。只怕人先老。春去有来时。愿春长见伊。"李老师以"问"别解为"盘"问,也把原来的动词转换成名词扣合谜面,用"中人"扣出"牙",旧时居于买卖双方之间,从中撮合以获取佣金的人称为"中人",也称"牙人、牙子",并用秋千格扣合谜面,确实无可挑剔。作者博览群书,信手拈来就成谜,真是我学习的榜样。

李老师谜作谜评一则

江苏南通　刘精耕

"贾夫人仙逝扬州城"

谜目：医学用语一

谜格：秋千格

谜底：过敏

评析：谜面出自《红楼梦》第二回回目。欲破此谜，首先要弄准"贾夫人"是谁。如果不将第二回从头至尾都认真读过，光从面句上着眼，是难以破底的。按照中国人的习惯，女人结婚后，可称为夫人。夫人前面所冠之姓，则为丈夫之姓。如丈夫姓刘，则称为刘夫人；丈夫姓张，则称为张夫人。据此，如果望文生义，面句中的"贾夫人"就是贾姓之人的夫人。照这种理解，很容易与第二回中的"雨村嫡妻忽染疾下世"联系起来，这样就难以破解了。

其实，《红楼梦》中对夫人的称呼，有其特殊性，往往冠以其本人的姓（如王夫人姓王，却是贾政的夫人）。这个"贾夫人"则是林如海的"嫡妻贾氏"，"在家时名唤贾敏"。搞清了这个关系，就可以运用姓名借代法，将"贾夫人"即贾敏借代出"敏"；"仙逝"扣"过"世。因为谜格是秋千格，将"敏""过"互换位置，谜底"过敏"就出来了。面句中的"扬州城"三字也不多余，因为林如海任职"维扬"（扬州），而贾夫人是在林如海的任所去世的，则进一步坐实了贾夫人的身份。

谜作者慧眼识珠，将回目中短短八个字所蕴藏的大量信息，浓缩进谜底两个字里，功夫了得，佩服！李教亮老师所推出的《红楼梦》原创系列谜作，面句基本上引用书中成句。为了猜射此系列谜，我不得不重新认真地再看一遍原著。这样，既猜了谜，又读了书，一举两得，真好！

赞李教亮（其一）

悼红轩中纂巨著，曹公数易情僧录。
而今翻阅再而三，悟解其味因射虎。

赞李教亮（其二）

增删披阅倾苦心，谁解芹溪泪酸辛。
楼里楼外同射覆，好书常读感常新。

赞李教亮（其三）

荒唐满纸书称奇，几多雕虫探佳谜。
李公掀起新红热，读书射虎两相宜。

赞李教亮（其四）

一部大作阅古今，几许骚人道津津。
李公草根成佳构，敢奏红谜最强音。

作者　广东潮州　蔡少芬

怡然有馀欢

李教亮

怡然有馀欢，是元代卢挚《寄博士萧徽君维斗》中的一句，全诗如下：

秦中幽胜地，乃在终南山。盘石负磊磊，清泉散潺潺。

侃侃古君子，亹亹泉石间。图史纷座隅，衡门昼长关。
种菊飧落英，袭芳佩秋兰。道腴德充符，怡然有馀欢。
鸣鹤时一来，似爱孤云闲。孤云不能飞，鸣鹤遂空还。
溅溅桃李艳，郁郁松柏寒。羲和驭春晖，岁晏霜露繁。
感物有深微，怀哉邈难攀。

此诗表达诗人其中一种情感，就在于"怡然有馀欢"这一句：体现诗人归隐"秦中幽胜地"时的闲适与快乐。读到这里，脑中马上跃出离合字一组"心愉/俞"，俞，愉快。但马上又想到另一组离合字"心兑/悦"，兑，本义喜悦；兑悦，就是喜悦之意。这样一来，无论标离合字还是中分离合字，都多底。

于是，我把表示"怡然""欢"且可能用于制作灯谜的字一一写出来：愉、俞、快、悦、兑，还有通假字"说"（"台"即刻不入考虑）。列举到这里，立即成了一谜：

"怡然有馀欢"（QQ功能一）说说

再仔细把玩"怡然有馀欢"句意，发觉该句关键词是"有馀"，整句意思就是欢悦之后还是欢悦，一直愉快着，此意应该入谜扣合！回头再看写在纸上的字有个"兑"字，"兑"不是还有变换、更换之意吗？于是我马上想到叱字：根据潮汕谜人改革后的叱字谜谜底基本格式"正底＋过渡底"，以此来扣合谜面，遂制成一叱字谜——"怡然有馀欢"（叱字）心悦难兑，谜底以"心情愉悦难以更变"着句意，多么地紧扣！二谜落地，心怡然，呵呵。

我继续把玩"怡然有馀欢"句意，紧盯纸上那些字，发觉"愉快""愉悦""兑悦"是固定词组，于是萌生制成方位字谜的想法。一番推敲之后，排列出一组底"心愉快/前后兑悦"来紧扣谜面，但这样一来，谜目得定为"双母字方位字、方位字各一"，则嫌谜目角度不一且烦琐，这不是我的风格。无论谜面、谜目还是谜底，务必单一与简明，这才是我的风格。那么，能不能制作成两个方位字呢？如果两个方位字的话，底可以六个字，

得删去一字，那就删掉"快"字，再调一下语序，变成"心愉悦/前后兑"，这样来扣合谜面之意，但这样成不了两个底！再仔细看底，立刻脑中跃出"蕉心格"：蕉心格谜底须用四字、六字……的双数词或句组成，谜底的中间两个字互换位置后扣合谜面。这也就是两个底"心愉前，悦后兑"通过"蕉心格"变成"心愉悦/前后兑"来扣合谜面。于是，最后敲定第三道谜："怡然有馀欢"（方位字二 蕉心格）心愉前，悦后兑。

一面二天成三谜，怡然有馀欢。

灯谜与语文教学相得益彰

李教亮

学校中的语文教学，在不断改革、发展与变化之中，《语文课程标准（2011 年版）》明确指出："语文课程是实践性课程，应着重培养学生的语文实践能力，而培养这种能力的主要途径也应是语文实践。语文课程是学生学习运用祖国语言文字的课程，学习资源和实践机会无处不在，无时不有。因而，应该让学生多读多写，日积月累，在大量的语文实践中体会、把握运用语文的规律。"而猜制灯谜，就是一种特殊的语文实践。它利用汉字音、形、义的可变特点，通过会意、增损、离合、象形等手法制成，供人猜射。无论是猜谜还是制谜，都是学生语文实践的用武之地，它较之于遣词造句的语文实践更具娱乐性。因此，若能在语文教学中，通过灯谜形式，老师就可以调动学生学习语文的积极性，同时让学生增强理解与记忆，达到掌握的效果。

现以一例，通过举一反三，阐明灯谜在语文教学中的作用。我们先看：

天下太平

谜目：时间别称一

谜底：人定

灯谜，是一种文义谜，是利用字、词的结构、含义、音形等通过别解、假借、拆分组合来猜解的民间文学式样。其主要特征是会意与别解，无论是谜面还是谜底。天下太平，是汉语成语，出自《吕氏春秋·大乐》："天下太平，万物安宁。"天下者，当然包括人在内的万物，但天下太平与否，关键在于人：天下不太平，则人民不安定；天下太平时，人民则安定了，所以可以正面会意，扣合出谜底"人/定"。而"人定"，在底则别解成十二时辰制之一。十二时辰制，西周时就已使用。汉代命名为夜半、鸡鸣、平旦、日出、食时、隅中、日中、日昳、晡时、日入、黄昏、人定。这是我国古文化常识，也是语文教学中要学生积累的知识。而通过这种灯谜形式，可以增强学生的记忆效果。我们再看：

天下太平

谜目：10 笔字一

谜底：晏

灯谜猜、制常见方法中有一种叫方位法，就是将谜面中某些字词按照上中下、左中右、前中后、东西南北中（可以参照地图标记来认定，即上北下南、左西右东）等方位，或者根据汉字书写的先后顺序进行分拆，再重新组成谜底。反之，也可将谜底按方位分拆后来扣合谜面。而离合谜法往往采用分段扣合，即将谜面另顿读来会意、别解。"天下/太平"，可以另顿读为"天/下/太平"。这样一来，该谜面中的"天"可以别解成"日"，比如"今天"就是"今日"。谜面中的"太平"则会意为"安定"而扣合出"安"。再根据谜面中的"下"别解成方位名词"下面"，暗示"日"的下面是"安"，而组成谜底"晏"。

离合谜最主要是选准抱合词。选准了抱合词，则谜已经破解了一半以上。那么什么是抱合词呢？聂玉文先生在《抱合词刍议》一文中说道："在谜作中，即以扣合谜底为轴心而需使用的离（损）合（增）、连接之用词，即为抱合词。"上面的"下"，别解暗示方位在下面，就是起连接作用的抱合词。那么，可能有猜者会问："下，就一定要别解成方位吗？如果别解成暗示增加的，行吗？因为'下'有放进、投入之意。这样一来，'宴'字不是也可扣？"这个问题提得好。我认为，如果一道灯谜沿着某一角度而产生两个或以上的底，那么这种谜路就应该抛弃。比如"下"别解成用以增加的抱合词，即把"日"投放到"安"，则有"晏、宴"两底，这就不好了。如果将"下"别解暗示方位指示，那么就有且只有"晏"一底了。

抱合词"下"，既可作名词，也可作动词，这得看谜底的需要。而九年义务教育七年级语文教材（人教版）第一册，里面就要求学生必须掌握六种实词：名词、动词、形容词、代词、数词和量词；第二册要求掌握六种虚词：副词、介词、连词、助词、叹词和拟声词。七年级的学生，如何区别并掌握各种词性，是个难题，因为教材内容显得简单与抽象。这就得老师通过举例造句来区别记忆，比如"上中下"三个，都可做名词，又都可作动词。这时候通过造句这一语文实践活动是很好，如果用灯谜形式，还能让学生更深刻地掌握汉字的一字多义的特点。有感于此，我再让"下"充当动词另作一谜：

天下太平

谜目：数量词一

谜底：仨

数词和量词合起来称为数量词，一般来说，数量词得有两个或两个以上的音节（字）。但也有特殊的，只有一个音节。先说该谜的扣合："下"依然是个抱合词，但不作方位名词解，也不作动词"放进、投入"以暗示增加。相反，别解成另一义项"取下、去掉"以暗示离损，那么谜面可另顿读为"天/下太/平"，就是将"天、平"减去"太"，而得出谜底"仨"。仨，就是个特殊的数量词。仨，当然也可看成一个数词，但若谜目限数词，底则更多：当这样断读"天下/太平"时，可别解成"天下－太"

（"平"为消减抱合词），得出谜底"十一"。当这样断读"天/下太/平"时，可别解成"天平－太"（"下"为消减抱合词）而得出谜底"千二、二千"，故不可限定谜目为数词。

再说，我为何要将此谜面定此谜目纳此谜底呢？出于两方面的考虑。一方面，因为当今谜界一班谜家与大师，在拆字上点撇不分，比如"前关首着立夹平"等字中的"丷"（点、撇）都说成"两点"，实为乱搞，严重地违背了汉字笔画书写规则。在《谜语探微之二》中，关于谜语中的"拆字"，得出如下结论：谜中的"拆字"，要按字的书写规则，不能随意为之，至少不能违反汉字的笔画书写顺序而形成汉字书写的误导。所以，面对学校学生，更应该正确地书写汉字，别砸了语文老师的饭碗！"天平－太"余下的是"丿"，而非"丶"。另一方面，在于阐明灯谜与语文教学的相辅相成。这不，一个"下"字，通过三道灯谜运用不同三种解释，可以让学生学到三个义项，同时明白了名词与动词的用法，熟悉了数词与数量词，的确是一种益智的语文实践活动。

拙著《李教谜荟》（2017年11月，吉林文史出版社）与《李教亮谜荟》（2019年8月，团结出版社）里面，许多是摘引初、高中语文教材中古诗、词、文制作成的百科谜。这是语文教学的结晶，反之可以利用这些渗透到语文教学中，作为一种语文实践活动，以调动学生学习古诗文的兴趣。

总而言之，灯谜能提升语文素养，语文素养可夯实灯谜功底。一句话，灯谜与语文教学相得益彰。